श्रीमद्भगवद्गीता

[भाषा टीका सहित]

टीकाकार

विश्व प्रकाश दीक्षित 'बटुक'

हिन्द पॉकेट बुक्स

पेंगुइन रैंडम हाउस इम्प्रिंट

हिन्द पॉकेट बुक्स

यूएसए | कनाडा | यूके | आयरलैंड | ऑस्ट्रेलिया | सिंगापुर
न्यू ज़ीलैंड | भारत | दक्षिण अफ्रीका | चीन

हिन्द पॉकेट बुक्स, पेंगुइन रैंडम हाउस ग्रुप ऑफ़ कम्पनीज़ का हिस्सा है,
जिसका पता global.penguinrandomhouse.com पर मिलेगा

पेंगुइन रैंडम हाउस इंडिया प्रा. लि.,
चौथी मंजिल, कैपिटल टावर -1, एम जी रोड,
गुड़गांव 122 002, हरियाणा, भारत

पेंगुइन
रैंडम हाउस
इंडिया

प्रथम हिन्दी संस्करण हिन्द पॉकेट बुक्स द्वारा 1985 में प्रकाशित
यह हिन्दी संस्करण हिन्द पॉकेट बुक्स में पेंगुइन रैंडम हाउस द्वारा 2022 में प्रकाशित

10 9 8 7 6 5 4 3 2

ISBN 9789353490911

मुद्रकः रेप्रो इंडिया लिमिटेड

www.penguin.co.in

FSC
www.fsc.org
MIX
Paper from responsible sources
FSC® C047271

This is a legitimate digitally printed version of the book and therefore might not have certain extra finishing on the cover.

टीका के सम्बन्ध में

श्री मद्भगवद्गीता सम्पूर्ण शिक्षाओं के तत्त्वार्थ का सार - संग्रह है। इसे उपनिषद् कहा गया है, क्योंकि यह अद्वैत - ज्ञान का अमृत बरसाने वाली और पुनर्जन्म से मुक्ति दिलाने वाली है। न केवल भारत में बल्कि बाहर भी गीता का व्यापक प्रभाव रहा है। चीन, जापान और पश्चिमी देशों में भी गीता का प्रभाव रहा है। गीता की शिक्षाओं का बौद्ध - धर्म पर भी गहरा प्रभाव पड़ा। जर्मन - धर्म के अधिकारी विद्वान् जे. डब्ल्यू. होअर ने गीता को एक अनश्वर महत्त्व का ग्रन्थ बताते हुए कहा है, गीता हमें न केवल गंभीर अन्तर् दृष्टि ही देती है, बल्कि इसमें इंडो - जर्मन धार्मिक इतिहास के एक सबसे महत्त्वपूर्ण दौर का अत्यन्त प्रामाणिक चित्रण भी किया गया है। यह हमें इंडो - जर्मन धर्म की मूल प्रकृति और उसकी आधारभूत विशेषताओं के संबंध में भी मार्ग दिखाती है।

विश्व के प्रसिद्ध दार्शनिक आल्डुस हक्सले के अनुसार गीता न केवल भारतीयों के लिए, बल्कि संपूर्ण मानवजाति के लिए स्थायी मूल्य का ग्रन्थ है।

लोकमान्य बाल गंगाधर तिलक ने गीता को हमारे ग्रन्थों में सर्वश्रेष्ठ हीरा कहा था, उनके कथनानुसार संसार में दुखित मनुष्य को शान्ति देकर उसे निष्काम कर्म के आचरण में लगाने वाला गीता के समान ग्रन्थ संस्कृत में तो क्या संसार के सम्पूर्ण साहित्य में मिलना दुर्लभ है।

गांधीजी ने गीता से जो प्रेरणा ली थी उसे उन्होंने इन शब्दों में प्रकट किया— "मुझे भगवद्गीता में एक ऐसी सान्त्वना मिलती है, जो मुझे सर्मन ऑन द माउंट' (बाइबिल का एक प्रसंग) तक में नहीं मिलती। जब निराशा मेरे सामने आ खड़ी होती है और जब बिलकुल एकाकी मुझको प्रकाश की कोई किरण नहीं दिखाई पड़ती, तब मैं गीता की शरण लेता हूं। जहां - तहां कोई - न - कोई श्लोक मुझे ऐसा दिखाई पड़ जाता है कि मैं विषम परिस्थितियों में भी तुरन्त मुसकराने लगता हूं— और मेरा

जीवन बाह्य विपत्तियों से भरा रहा है — और यदि वे मुझ पर अपना कोई दृश्यमान अमिट चिह्न नहीं छोड सकीं तो इसका सारा श्रेय भगवद्गीता की शिक्षाओं को ही है।

वास्तव में गीता सब देशों और सब कालों में समान रूप से आदर पाने वाला एक ऐसा महान् ग्रन्थ है जो समुदाय, जाति और देश की विभिन्नताओं से परे मानव - जाति को सन्मार्ग की ओर ले जाता है। मनुष्य इसे पढ़कर एक ओर भक्ति रस का पान करता हुआ ज्ञानी बन सकता है तो दूसरी ओर लौकिक और पारमार्थिक दोनों सुखों की प्राप्ति करता हुआ हृदय की दुर्बलता पर विजय प्राप्त कर कर्म-मार्ग में जुट सकता है।

गीता निराशा में आशा का, अंधकार में प्रकाश का, असत्य में सत्य का, मृत्यु में अमरता का, अकर्मण्यता में कर्म का पाठ पढ़ाती है। आधुनिक युग में जो अनेकानेक जटिल समस्याएं और बुद्धि को चकरा देने वाले प्रश्न मनुष्य के सामने उपस्थित होते हैं, उनको सुलझाने का मार्ग गीता ही दिखाती है। आज के वैज्ञानिक युग में चाहे मनुष्य ने व्यावहारिक प्रयोगों द्वारा कितनी ही उन्नति क्यों न कर ली हो, बाहर से कितना ही समृद्ध और वैभव सम्पन्न बन गया हो; किन्तु उसकी आत्मा तो मूर्च्छित ही पड़ी है। वास्तव में उचित और अनुचित का निर्णय करने की शक्ति विज्ञान में नहीं है, जीवन के सर्वोच्च लक्ष्य की ओर विज्ञान नहीं ले जा सकता, गीता इस अभाव की पूर्त्ति करती है। एक संतुलित संस्कृति के निर्माण करने की पूरी क्षमता गीता में ही है। आध्यात्मिक बल के विस्तृत इतिहास के साथ गीता आज भी उन सब लोगों को प्रकाश देने का कार्य कर रही है, जो इसमें बताये गये विवेक की गहराई से लाभ उठाना चाहते हैं।

सदियों से गीता भारतीयों का एक प्राचीन धर्म - ग्रन्थ मानी जाती रही है जिसकी प्रामाणिकता उपनिषदों और 'ब्रह्मसूत्र' के बराबर है और ये तीनो मिलकर 'प्रस्थान त्रयी' (प्रामाणिक तीन ग्रन्थ) कहलाते हैं।

गीता के माहात्म्य की चर्चा करते हुए कहा गया है कि जो मनुष्य शुद्ध चित्त होकर प्रेम पूर्वक इस पवित्र गीता - शास्त्र का पाठ करता है, वह भय और शोक आदि से मुक्त हो जाता है। महान् गीतामृत के सम्बन्ध में कहा गया है—

'सर्वोपनिषदो गावो दोग्धा गोपालनन्दनः ।
पार्थो वत्सः सुधीर्भोक्ता दुग्धं गीतामृतं महत् ॥'

अर्थात् सम्पूर्ण उपनिषदें गौ के समान हैं, गोपालनन्दन श्री कृष्ण दुहनेवाले हैं, अर्जुन बछड़ा है तथा महान् गीतामृत ही उस गौ का दूध है और शुद्ध बुद्धि वाला मनुष्य ही इस दूध का भोक्ता है।

विश्व की सभी भाषाओं में इस महान् ग्रन्थ की अनेकानेक टीकाएं, व्याख्याएं और भाष्य हुए हैं। ईसा की सातवीं सदी से पहले भी इस पर भारत में अनेक टीकाएं हुईं, जो आज उपलब्ध नहीं हैं। शंकराचार्य की टीका ही आज प्रथम भारतीय टीका मानी जाती है। तबसे लेकर आज तक अनेक आध्यात्मिक, दार्शनिक, राजनीतिक और समाजसेवी महापुरुषों ने इसकी टीकाएं की हैं। रामानुज, मध्वाचार्य, निम्बार्क, वल्लभाचार्य, अरविन्द, तिलक, गांधी, विनोबाभावे आदि की टीकाएं बहुत प्रसिद्ध हैं। तिलक जी ने इसे कर्मयोग शास्त्र कहा है। इनमें से अधिकांश टीकाएं सिद्धान्त - प्रतिपादन या साम्प्रदायिक (मत - मतान्तर) दृष्टि को लेकर ही की गई हैं। कुछेक ने इसे आज के राजनीतिक जीवन को लेकर भी समझने - समझाने की चेष्टा की है। इस प्रकार या तो गीता का वास्तविक अर्थ समझने में कठिनाई होती है अथवा प्रतिभाशाली आचार्यों और ज्ञानियों के मतभेद और गूढ़ विश्लेषण से साधारण व्यक्ति की बुद्धि घबरा जाती है। वास्तव में भाष्यकारों और टीकाकारों ने जैसा अपने अनुभव से गीता के तत्त्व को समझा है, वैसा ही वर्णन किया है। उनके समन्वय में जो आनंद है, वह गूढज्ञान का विषय है।

गीता ज्ञान के विशाल विश्वकोष 'महाभारत' का एक अंश है। महाभारत के 'भीष्मपर्व' के २३ से ४० तक के अध्याय 'गीता' के नाम से प्रसिद्ध हैं। ये कुल सात सौ श्लोकों का संग्रह है। इसीलिए इसे 'गीता सप्तशती' भी कहते हैं। प्रसिद्ध है कि ज्ञाननिधि महर्षि वेदव्यास कठिन - से - कठिन गूढ़, ज्ञान को श्लोकों में बोलते गये और वाणी - विनायक गणेश जी उस गूढ़ ज्ञान को समझकर लिखते गये। इस प्रकार रचे गये 'महाभारत' के 'गीतांश' की टीका करना कोई सरल कार्य नहीं है। इस कठिन कार्य का संपादन आचार्यों और

ज्ञानियों ने किया है, जो प्रकांड विद्वानों के काम की वस्तु है।

हमने यह अनुवाद जन साधारण के लाभ के लिए किया है। इस अनुवाद में न तो किसी प्रकार के विशेष दृष्टिकोण के प्रति आग्रह रखा गया है और न ही श्लोकों के अर्थों में किसी प्रकार के घुमाव - फिराव द्वारा उलझन पैदा की गई है। सरल भाषा में सर्वसाधारण के लिए गीता के श्लोकों को समझाया गया है, जिससे महाभारतकार का मूलभाव भी बना रहे और आम आदमी उसके अर्थों को आसानी से हृदयंगम भी कर सके।

इस प्रकार की टीका के लिए मैं इस प्रयत्न के प्रेरक आदरणीय श्री दीनानाथ मल्होत्रा का हृदय से आभारी हूं। असल में तो यह उनकी ही इच्छा का सुफल है। आशा है, पाठक इससे लाभान्वित होंगे।

मकर संक्रांति, १९८२ ई० – विश्वप्रकाश दीक्षित 'बटुक'

अनुक्रमणिका

(प्रत्येक अध्याय के मुख्य विषयों की सूची)

पहला अध्याय **अर्जुन विषाद योग** **13**

(कौरवों तथा पांडवों की सेनाओं के मुख्य - मुख्य शूरवीरों की गणना और उनकी सामर्थ्य का वर्णन। सैनिकों और सेनापतियों द्वारा अपने - अपने शंखों से ध्वनि निकालकर युद्ध - घोषणा का संकेत। अर्जुन के द्वारा सेना का दर्शन और गुरूजनों तथा संबंधियों को देखकर मोह में जकड़ना, कायरता, स्नेह और विषाद युक्त वचन कहकर युद्ध से मुंह मोड़ने की इच्छा।

मन में विभिन्न प्रकार के विचारों का उत्पन्न होकर जिज्ञासु द्वारा ज्ञान - प्राप्ति के लिए आकुल होना।)

दूसरा अध्याय **सांख्य योग** **23**

(अर्जुन की कायरता के विषय में कृष्ण की फटकार और कृष्णार्जुन की बातचीत। देह की नश्वरता और आत्मा की अमरता का उपदेश। क्षात्र धर्म के अनुसार युद्ध करने की आवश्यकता पर ज़ोर, सांख्य योग और निष्काम कर्म योग की प्रेरणा, स्थिर बुद्धि पुरुष के लक्षण और उसकी महिमा का बखान।

मोह के वश होकर अधर्म को धर्म मानने वाले मनुष्य को पुरुषार्थ की ओर अग्रसर होने की प्रेरणा)

तीसरा अध्याय **कर्मयोग** **40**

(कर्म का विस्तार से वर्णन कर्म क्या है, कर्म कैसे करना चाहिए, सच्चा कर्म क्या है, सच्चा ज्ञान पारमार्थिक कर्मों की ओर कैसे ले जाता है? आदि का वर्णन।

ज्ञानयोग और निष्काम कर्मयोग के अनुसार अनासक्त भाव से नियत कर्म करने की श्रेष्ठता पर ज़ोर।

यज्ञादि कर्म करने की आवश्यकता का वर्णन। ज्ञानवान् के लिए तथा

भक्त के लिए भी लोक - संग्रह को सामने रखकर - कर्म करने की आवश्यकता पर बल।

अज्ञान और ज्ञानवान के लक्षण तथा राग - द्वेष छोड़कर कर्म करने की प्रेरणा।

चौथा अध्याय ज्ञान कर्म संन्यास योग 50

(भिन्न-भिन्न प्रकार के यज्ञों का वर्णन और उनके फलों का कथन। योगी महापुरुषों के आचरण और उनकी महिमा का बखान। सगुण भगवान् का प्रभाव और निष्क़ाम कर्म योग का विषय बताना। ज्ञान की महिमा।)

पांचवां अध्याय कर्म संन्यास योग 59

(कर्मयोग के बिना कर्म संन्यास संभव नहीं है और दोनों वास्तव में एक ही हैं। सांख्य योग और निष्काम कर्मयोग का निर्णय। सांख्य योगी और निष्काम कर्मयोगी के लक्षण और उनकी महिमा। ज्ञानयोग के विषय का वर्णन तथा भक्ति सहित ध्यानयोग का बखान।)

छठा अध्याय ध्यानयोग 66

(योग साधन अर्थात् समत्व प्राप्त करने के साधनों पर प्रकाश। निष्काम कर्मयोग का विषय और योग पर आरूढ़ पुरुष के लक्षण। आत्मोद्धार के लिए प्रेरणा तथा भगवान् को पा लेने वाले पुरुष के लक्षण। विस्तार से ध्यानयोग का विषय। मन के निग्रह का विषय योगभ्रष्ट पुरुष की गति का कथन और ध्यानयोग की महिमा।)

सातवां अध्याय ज्ञान विज्ञानयोग 77

(विज्ञान सहित ज्ञान का वर्णन। सारे पदार्थों में कारण रूप से भगवान् की व्यापकता का वर्णन। आसुरी प्रवृत्ति वालों की निन्दा और भक्तों की प्रशंसा। अन्य देवताओं की उपासना पर प्रकाश। भगवान के प्रभाव और स्वरूप को न जानने वालों की निन्दा और जानने वालों की महिमा।)

आठवां अध्याय अक्षर ब्रह्मयोग 84

(ब्रह्म, अध्यात्म और कर्म आदि के बारे में अर्जुन के प्रश्न और उनका

उत्तर। भक्तियोग पर प्रकाश। शुक्ल और कृष्ण मार्ग का वर्णन। ईश्वर तत्त्व पर विस्तार से विचार।)

नौवां अध्याय **राजविद्या राजगुह्ययोग** **91**

(ज्ञान और उसके प्रभाव का वर्णन। जगत् की उत्पत्ति का बखान। भगवान् की उपेक्षा करने वाले आसुरी प्रकृति के लोगों की निन्दा और दैवी प्रकृति वालों के भगवद् भजन का ढंग।

सर्वोत्तम रूप से प्रभाव सहित भगवान् के स्वरूप का वर्णन। एक प्रकार से भक्ति की विस्तार से महिमा।)

दसवां अध्याय **विभूतियोग** **99**

(भगवान् के ऐश्वर्य और उनकी योगशक्ति का वर्णन तथा उनके जानने का फल। फल और प्रभाव सहित भक्तियोग का कथन। भगवान् की स्तुति, विभूति और योग शक्ति बताने के लिए अर्जुन द्वारा कृष्ण से प्रार्थना। प्रार्थना पर कृष्ण द्वारा अपनी विभूतियों और योगशक्ति का वर्णन।)

ग्यारहवां अध्याय **विश्व रूप दर्शनयोग** **108**

(विश्व रूप का दर्शन कराने के लिए अर्जुन द्वारा कृष्ण से प्रार्थना और कृष्ण द्वारा अपने विश्व रूप का वर्णन। धृतराष्ट्र के प्रति संजय द्वारा विश्व रूप का वर्णन। अर्जुन द्वारा भगवान् के विश्व रूप का देखा जाना और उनकी स्तुति। कृष्ण द्वारा अपने प्रभाव का वर्णन और युद्ध के लिए अर्जुन को उत्साहित करना। भयभीत अर्जुन द्वारा कृष्ण की स्तुति और चतुर्भुज रूप दिखाने की प्रार्थना। कृष्ण द्वारा अपने विश्व रूप के दर्शन की महिमा बताना तथा चतुर्भुज और सौम्य रूप का दर्शन कराना। अनन्यभक्ति के बिना चतुर्भुज रूप के दर्शन की दुर्लभता और फलसहित अनन्यभक्ति का कथन।)

बारहवां अध्याय **भक्तियोग** **121**

(साकार और निराकार के उपासकों की उत्तमता का निर्णय तथा भगवत् - प्राप्ति के उपायों का वर्णन। भगवत् - प्राप्ति वाले पुरुषों के लक्षण।)

तेरहवां अध्याय **क्षेत्र - क्षेत्रज्ञ - विभागयोग** **126**

(ज्ञान सहित शरीर और शरीरी के भेद - सम्बन्ध का वर्णन। ज्ञान सहित प्रकृति - पुरुष का सम्बन्ध तथा उनका वर्णन।)

चौदहवां अध्याय **गुणत्रय विभागयोग** **134**

(ज्ञान की महिमा और प्रकृति - पुरुष से जगत् की उत्पत्ति का वर्णन। सत्, रज, तम - तीनों गुणों का कथन। भगवत् - प्राप्ति का उपाय और गुणों से परे रहने वाले पुरुष के लक्षण।)

पन्द्रहवां अध्याय **पुरुषोत्तम योग** **140**

(संसार रूपी वृक्ष का वर्णन और भगवत् - प्राप्ति का उपाय बताना। जीवात्मा का वर्णन। प्रभाव सहित परमेश्वर के स्वरूप का वर्णन। क्षर, अक्षर और पुरुषोत्तम का वर्णन।)

सोलहवां अध्याय **देवासुर संपद् विभागयोग** **145**

(दैवी और आसुरी संपदा का फल सहित वर्णन। आसुरी संपदा वाले लोगों के लक्षण और उनके पतन का वर्णन। अर्जुन को आश्वासन।)

सत्रहवां अध्याय **श्रद्धत्रय विभागयोग** **151**

(शास्त्र समस्त आचरण और श्रद्धापूर्वक योग आदि के बारे में अर्जुन की शंका और उसका कृष्ण द्वारा समाधान। श्रद्धा का तथा शास्त्र-विरूद्ध घोर तप करने वालों का वर्णन। आहार, यज्ञ, तप और दान के अलग - अलग भेदों का वर्णन। 'ॐ तत्सत्' की महिमा और प्रयोग की व्याख्या।)

अठारहवां अध्याय **संन्यासयोग** **158**

(संन्यास और त्याग के सही अर्थों का ज्ञान। कर्मों के होने में सांख्य सिद्धान्त का वर्णन। तीनों गुणों के अनुसार ज्ञान, कर्म, कर्त्ता, बुद्धि, धृति और सुख के अलग - अलग भेदों का बखान। फल सहित वर्णाश्रम धर्म का वर्णन ज्ञाननिष्ठा का वर्णन। भक्ति सहित निष्काम कर्मयोग का वर्णन। गीता का माहात्म्य और अनुभव सिद्ध ज्ञान तथा तदनुसार क्रिया के समन्वय पर बल।)

श्री हरि:

श्रीमद्भगवद् गीता

पहला अध्याय

(अर्जुन - विषाद योग)

धृतराष्ट्र उवाच—

धर्मक्षेत्रे कुरुक्षेत्रे समवेता युयुत्सवः।
मामकाः पाण्डवाश्चैव किमकुर्वत सञ्जय ॥ 1 ॥

धृतराष्ट्र ने कहा, हे संजय! जब मेरे पुत्र और पाण्डु के पुत्र युद्ध करने की इच्छा लेकर धर्मक्षेत्र कुरुक्षेत्र (अपने - अपने क्षेत्र) में इकट्ठे हुए तब उन्होंने क्या किया?

सञ्जय उवाच—

दृष्ट्वा तु पाण्डवानीकं व्यूढं दुर्योधनस्तदा।
आचार्य मुपसङ्गम्य राजा वचन मब्रवीत् ॥ 2 ॥

संजय ने कहा, तब राजा दुर्योधन ने देखा कि पांडवों की सेना व्यूह बना कर खड़ी हुई है, तो वह अपने आचार्य द्रोण के पास गया और उनसे बोला,

पश्यैतां पाण्डुपुत्राणा माचार्य महतीं चमूम्।
व्यूढां द्रुपदपुत्रेण तव शिष्येण धीमता ॥ 3 ॥

आचार्य, पाण्डु के पुत्रों की इस विशाल सेना को देखिए, इस सेना की व्यूह - रचना आप के बुद्धिमान् शिष्य (राजा दुपद के पुत्र) धृष्टद्युम्न ने की है।

अत्र शूरा महेष्वासा भीमार्जुन समा युधि।
युयुधानो विराटश्च द्रुपदश्च महारथः ॥ 4 ॥

इस सेना में बड़े - बड़े धनुर्धारी योद्धा खड़े हैं, जो युद्ध में भीम और अर्जुन के समान ही शूरवीर हैं, जैसे— युयुधान, विराट् और महारथी दुपद,

धृष्टकेतुश्चेकितानः काशिराजश्च वीर्यवान्।
पुरुजित्कुन्तिभोजश्च शैब्यश्च नरपुङ्गवः ॥ 5 ॥

धृष्टकेतु, चेकितान, बलवान् काशिराज, पुरूजित, कुन्तीभोज और मनुष्यों में श्रेष्ठ राजाशैव्य,

युधामन्युश्च विक्रान्त उत्तमौजाश्च वीर्यवान्।
सौभद्रो द्रौपदेयाश्च सर्व एव महारथाः ॥ 6 ॥

पराक्रमी युधामन्यु, बलवान् उत्तमौजा, सुभद्रा का पुत्र अभिमन्यु, और द्रौपदी के पांचों पुत्र। ये सारे ही योद्धा महारथी हैं।

अस्माकं तु विशिष्टा ये तान्निबोध द्विजोत्तम।
नायका मम सैन्यस्य संज्ञार्थं तान् ब्रवीमि ते ॥ 7 ॥

हे ब्राह्मण श्रेष्ठ! हमारी सेना में जो - जो प्रधान सेनापति हैं, अब आप उनके बारे में भी जान लीजिए। आपकी सूचना के लिए मैं उनके नाम आपको बताता हूं।

भवान् भीष्मश्च कर्णश्च कृपश्च समितिञ्जयः।
अश्वत्थामा विकर्णश्च सौमदत्तिस्तथैव च ॥ 8 ॥

एक तो स्वयं आप ही हैं, आपके अतिरिक्त पितामह भीष्म, कर्ण और युद्ध में विजय पाने वाले कृपाचार्य तथा उनके ही जैसे पराक्रमी अश्वत्थामा, विकर्ण और सोमदत्त का पुत्र भूरिश्रवा।

अन्ये च बहवः शूरा मदर्थे त्यक्तजीविताः।
नानाशस्त्र-प्रहरणाः सर्वे युद्ध विशारदाः ॥ 9 ॥

इनके अलावा और भी बहुत से योद्धा हैं, उन सबने मेरे लिए अपने प्राणों को संकट में डाल दिया है। वे तरह - तरह के शस्त्रों से वार करने में चतुर हैं और सब के सब युद्ध - कला में कुशल हैं।

अपर्याप्तं तदस्माकं बलं भीष्माभिरक्षितम्।
पर्याप्तं त्विदमेतेषां बलं भीमाभिरक्षितम् ॥ 10 ॥

फिर भी मुझे ऐसा लगता है कि भले ही भीष्म पितामह उसकी रक्षा कर रहे हों, हमारी सेना शत्रु को जीतने के लिए काफी नहीं है, जबकि भीम द्वारा रक्षित पाण्डवों की सेना पर्याप्त है। वह हमारी सेना को सरलता से जीत लेगी।

अयनेषु च सर्वेषु यथाभाग मवस्थिताः।
भीष्म मेवाभिरक्षन्तु भवन्तः सर्व एव हि ॥ 11 ॥

इसलिए सभी मोर्चों पर अपने - अपने स्थानों पर डटे हुए आप लोग सब - के - सब भीष्म पितामह की ही रक्षा करें।

तस्य सञ्जनयन् हर्ष कुरुवृद्धः पितामहः।
सिंहनादं विनद्योच्चैः शङ्खं दध्मौ प्रतापवान् ॥ 12 ॥

तभी दुर्योधन के मन में हर्ष उत्पन्न करने के लिए कौरवों में वयोवृद्ध प्रतापी पितामह भीष्म ने सिंह की भांति गर्जन करके अपना शंख बजाया।

ततः शङ्खाश्च भेर्यश्च पणवानक-गोमुखाः।
सहसैवाभ्यहन्यन्त स शब्दस्तुमुलोऽभवत् ॥ 13 ॥

फिर तो एक ही साथ अनेक शंख, भेरी, ढोल, नगाड़े, गोमुखे बज उठे। इनके कारण बहुत भारी शोर हुआ।

ततः श्वेतै ईर्यैर्युक्ते महति स्यन्दने स्थितौ।
माधवः पाण्डवश्चैव दिव्यौ शङ्खौ प्रदध्मतुः ॥ 14 ॥

तब सफेद घोड़ों वाले, अपने विशाल रथ में विराजमान श्रीकृष्ण और अर्जुन ने अपने - अपने दिव्य शंख बजाये।

पाञ्चजन्यं हृषीकेशो देवदत्तं धनञ्जयः।
पौण्ड्रं दध्मौ महाशङ्खं भीमकर्मा वृकोदरः ॥ 15 ॥

हृषीकेश (श्रीकृष्ण) ने अपना पांचजन्य नामक शंख बजाया और धनंजय (अर्जुन) ने देवदत्त नामक अपना शंख बजाया। भयंकर कर्म करने वाले वृकोदर (भीम) ने पौण्ड्रं नामक महाशंख बजाया।

अनन्तविजयं राजा कुन्तीपुत्रो युधिष्ठिरः।
नकुलः सहदेवश्च सुघोष-मणिपुष्पकौ ॥ 16 ॥

कुंती के पुत्र राजा युधिष्ठिर ने अनन्तविजय नामक शंख बजाया और नकुल तथा सहदेव ने सुघोष और मणिपुष्पक नामक शंख बजाये।

काश्यश्च परमेष्वासः शिखण्डी च महारथः।
धृष्टद्युम्नो विराटश्च सात्यकिश्चापराजितः ॥ 17 ॥

और महान् धनुर्धारी काशीनरेश ने, महारथी शिखंडी, धृष्टद्युम्न, राजा विराट और अजेय सात्यकि ने।

द्रुपदो द्रौपदेयाश्च सर्वशः पृथिवीपते।
सौभद्रश्च महाबाहुः शङ्खान् दध्मुः पृथक् पृथक् ॥ 18 ॥

हे पृथ्वीपति, द्रुपद ने और द्रौपदी के पुत्रों ने,महाबाहु अभिमन्यु ने सब ने सब ओर से अपने - अपने शंख बजाये।

स घोषो धार्तराष्ट्राणां हृदयानि व्यदारयत्।
नभश्च पृथिवीं चैव तुमुलो व्यनुनादयन् ॥ 19 ॥

वह भयंकर शब्द पृथ्वी और आकाश को गुंजाता हुआ धृतराष्ट्र के पुत्रों के हृदयों को खंड - खंड करने लगा।

अथ व्यवस्थितान्दृष्ट्वा धार्तराष्ट्रान् कापध्वजः।
प्रवृत्ते शस्त्रसंपाते धनुरुद्यम्य पाण्डवः ॥ 20 ॥

तब कपिध्वज पांडव अर्जुन ने व्यूह रचना में खड़े धृतराष्ट्र के पुत्रों को देखा और जब शस्त्रास्त्र लगभग चलने शुरू हो गये तो उसने अपना धनुष उठाया।

हृषीकेशं तदा वाक्यमिदमाह महीपते।
सेनयोरुभयोर्मध्ये रथं स्थापय मेऽच्युत ॥ 21 ॥

और हे राजन्, वह श्रीकृष्ण से बोला, हे अच्युत (श्रीकृष्ण) मेरे रथ को दोनों सेनाओं के बीच में लेजाकर खड़ा करो;

यावदेतान्निरीक्षेऽहं योद्धुकामा-नवस्थितान्।
कैर्मया सह योद्धव्य मस्मिन् रणसमुद्यमे ॥ 22 ॥

जिससे मैं युद्ध की इच्छा से सजधज कर खड़े हुए उन योद्धाओं को अच्छी तरह देख सकूं, जिनके साथ मुझे युद्ध में लड़ना है।

योत्स्यमाना नवेक्षेऽहं य एतेऽत्र समागताः।
धार्तराष्ट्रस्य दुर्बुद्धे र्युद्धे प्रियचिकीर्षवः ॥ 23 ॥

मैं उन सबको देखना चाहता हूं, जो यहां लड़ने के लिए तैयार होकर इकट्ठे हुए हैं और जो दुष्ट बुद्धिवाले दुर्योधन का युद्ध में भला चाहने की इच्छा से आये हैं।

सञ्जय उवाच—

एवमुक्तो हृषीकेशो गुडाकेशेन भारत।

सेनयोरुभयोर्मध्ये स्थापयित्वा रथोत्तमम्॥ 24॥

संजय ने कहा, हे भारत (धृतराष्ट्र) , गुड़ाकेश (अर्जुन) के ऐसा कहने पर हृषीकेश (श्रीकृष्ण) ने उस श्रेष्ठ रथ को दोनों सेनाओं के बीच में ले जाकर खड़ा कर दिया।

भीष्म-द्रोण-प्रमुखतः सर्वेषां च महीक्षिताम्।

उवाच पार्थ पश्यैतान् समवेतान् कुरूनिति॥ 25॥

भीष्म, द्रोण तथा सब राजाओं के सामने श्रीकृष्ण ने कहा, हे अर्जुन, यहां इकट्ठे हुए इन कौरवों को देखो।

तत्रापश्यत्स्थितान्पार्थः पितृनथ पितामहान्।

आचार्यान् मातुलान् भ्रातृन् पुत्रान् पौत्रान् सखींस्तथा॥ 26॥

वहां अर्जुन ने देखा कि उसके पिता, दादा, गुरु, मामा, भाई, पुत्र और पौत्र तथा सखा भी खड़े हुए थे।

श्वशुरान् सुहृदश्चैव सेनयो रुभयो रपि।

तान् समीक्ष्य स कौन्तेयः सर्वान् बन्धू नवस्थितान्॥ 27॥

और उन दोनों सेनाओं में ससुर और मित्र भी खड़े थे। जब कुन्ती के पुत्र अर्जुन ने इन सब इष्ट बन्धुओं को इस प्रकार खड़े हुए देखा तो

कृपया परयाऽऽविष्टो विषीद न्निदमब्रवीत्।

अर्जुन उवाच—

दृष्ट्वेमं स्वजनं कृष्ण युयुत्सुं समुपस्थितम्॥ 28॥

उसका हृदय दया से भर आया और वह उदास होकर बोला, हे कृष्ण,अपने ही लोगों को अपने सामने युद्ध के लिए अधीर खड़े देखकर

सीदन्ति मम गात्राणि मुखं च परिशुष्यति।
वेपथुश्च शरीरे मे रोमहर्षश्च जायते ॥ 29 ॥

मेरे अंग निढाल होते जा रहे हैं, मुंह सूख रहा है, शरीर कांप रहा है और रोंगटे खड़े हो रहे हैं।

गाण्डीवं स्त्रंसते हस्तात्त्वक्चैव परिदह्यते।
न च शक्नोम्यवस्थातुं भ्रमतीव च मे मनः ॥ 30 ॥

गांडीव धनुष मेरे हाथ से फिसलता जा रहा है और मेरी सारी त्वचा (चमड़ी) में जलन हो रही है। मुझसे खड़ा नहीं रहा जाता और मन चक्कर सा खा रहा है।

निमित्तानि च पश्यामि विपरीतानि केशव।
न च श्रेयोऽनुपश्यामि हत्वा स्वजन माहवे ॥ 31 ॥

और हे केशव, मुझे सारे लक्षण विपरीत ही दिखाई दे रहे हैं। इस युद्ध में अपने संबंधियों को मारकर मुझे कोई भलाई होती नहीं दिखाई पड़ती।

न काङ्क्षे विजयं कृष्ण न च राज्यं सुखानि च।
किं नो राज्येन गोविन्द किं भोगै र्जीवितेन वा ॥ 32 ॥

हे कृष्ण, न तो मुझे विजय चाहिए और न राज्य और न मुझे सुख ही चाहिए। मुझे राज्य से, सुख - भोग से यहां तक कि जीवित रहने से भी क्या लेना-देना है?

येषामर्थे काङ्क्षितं नो राज्यं भोगाः सुखानि च।
त इमेऽवस्थिता युद्धे प्राणांस्त्यक्त्वा धनानि च ॥ 33 ॥

जिनके लिए हम राज्य, भोग और सुख चाहते थे, वे लोग तो अपने प्राणों और धन का मोह त्यागकर यहां युद्ध में आ खड़े हुए हैं।

आचार्याः पितरः पुत्रास्तथैव च पितामहाः।
मातुलाः श्वशुराः पौत्राः स्यालाः संबन्धिन स्तथा ॥ 34 ॥

गुरु, पिता, पुत्र और दादा, मामा, ससुर, पौत्र और साले तथा अन्य संबंधी भी यहां खड़े हैं।

एतान्न हन्तुमिच्छामि घतोऽपि मधुसूदन।
अपि त्रैलोक्य-राज्यस्य हेतोः किं नु महीकृते ॥ 35 ॥

हे कृष्ण, तीनों लोकों के राज्य के लिए भी मैं इन्हें मारने को तैयार नहीं हूं, फिर इस पृथ्वी के राज्य के लिए तो कहना ही क्या? भले ही ये लोग ही मुझे क्यों न मार डालें!

निहत्य धार्तराष्ट्रान्नः का प्रीतिः स्याज्जनार्दन।
पापमेवाश्रये दस्मान् हत्वैता नाततायिनः ॥ 36 ॥

हे जनार्दन (श्रीकृष्ण), धृतराष्ट्र के इन पुत्रों को मारकर हमें कौन सा सुख मिलेगा? इन आततायियों (दुष्कर्म करने वालों) को मारने से हमें केवल पाप ही लगेगा।

तस्मान्नार्हा वयं हन्तुं धार्तराष्ट्रान् स्वबान्धवान्।
स्वजनं हि कथं हत्वा सुखिनः स्याम माधव ॥ 37 ॥

इसलिए अपने सम्बन्धी धृतराष्ट्र के इन पुत्रों को मारना हमारे लिए उचित नहीं है। हे माधव (श्रीकृष्ण) , अपने ही लोगों को मारकर हम कैसे सुखी हो सकते हैं?

यद्यप्येते न पश्यन्ति लोभोपहत चेतसः।
कुलक्षयकृतं दोषं मित्रद्रोहे च पातकम् ॥ 38 ॥

लोभ के कारण चित्त मलिन हो जाने से भले ही ये कुलनाश से उत्पन्न दोष को और मित्रों के प्रति द्रोह करने के पाप को देख नहीं पा रहे;

कथं न ज्ञेय-मस्माभिः पापा दस्मा न्निवर्तितुम्।
कुलक्षयकृतं दोषं प्रपश्यद्भि र्जनार्दन ॥ 39 ॥

लेकिन हे जनार्दन, हमें तो कुलनाश से उत्पन्न दोष अच्छी तरह दिखाई दे रहा है, फिर हम लोग इस पाप से बचने का उपाय क्यों न सोचें?

कुलक्षये प्रणश्यन्ति कुलधर्माः सनातनाः।
धर्मे नष्टे कुलं कृत्स्न मधर्मोऽभिभवत्युत ॥ 40 ॥

कुल का नाश हो जाने से परम्परा से चले आ रहे कुल के धर्मनियम आदि नष्ट हो जाते हैं और धर्म का नाश हो जाने पर अधर्म सारे कुल को सब ओर से दबा लेता है।

अधर्माभिभवात् कृष्ण प्रदुष्यन्ति कुलस्त्रियः।
स्त्रीषु दुष्टासु वार्ष्णेय जायते वर्णसङ्करः ॥ 41 ॥

हे कृष्ण, अधर्म के फैल जाने से कुल की स्त्रियां दूषित हो जाती हैं और हे वार्ष्णेय (श्रीकृष्ण) , स्त्रियों के दूषित हो जाने पर वर्णसंकर संतान उत्पन्न होती है।

सङ्करो नरकायैव कुलघ्नानां कुलस्य च।
पतन्ति पितरो ह्येषां लुप्त-पिण्डोदक-क्रियाः ॥ 42 ॥

और वह वर्णसंकर सारे परिवार को और उस परिवार को नष्ट करने वाले लोगों को नरक में डाल देता है, इस प्रकार उनके कुल में पिंड और जलदान की क्रिया (श्राद्ध - तर्पण आदि) लुप्त हो जाने के कारण उनके पितरों का पतन हो जाता है।

दोपैरेतैः कुलघ्नानां वर्णसङ्कर कारकैः।
उत्साद्यन्ते जातिधर्माः कुलधर्माश्च शाश्वताः ॥ 43 ॥

कुल का नाश करने वाले इन वर्णसंकरों के दोषों के कारण सदा से चले आ हे कुलधर्म और जातिधर्म सर्वथा नष्ट हो जाते हैं।

उत्सन्न कुलधर्माणां मनुष्याणां जनार्दन।
नरके नियतं वासो भवतीत्यनुशुश्रुम ॥ 44 ॥

हे जनार्दन, हम ऐसा सुनते आये हैं कि जिन लोगों के कुलधर्म नष्ट हो जाते हैं, उन्हें निश्चय ही नरक में रहना पड़ता है।

अहो बत महत्पापं कर्तुं व्यवसिता वयम्।
यद्राज्य सुखलोभेन हन्तुं स्वजन मुद्यताः ॥ 45 ॥

अहो, बड़े शोक की बात है कि हम लोगों ने बहुत भारी पाप करने का निश्चय कर लिया है, जो कि राज्य और सुख के लोभ से अपने ही लोगों को मारने के लिए तैयार हो गये हैं।

यदि मामप्रतीकार मशस्त्रं शस्त्रपाणयः।
धार्तराष्ट्रा रणे हन्यु स्तन्मे क्षेमतरं भवेत् ॥ 46 ॥

यदि धृतराष्ट्र के पुत्र हाथ में शस्त्र लेकर मुझे मार डालें और मैं बिना शस्त्र उठाये, बिना उनका सामना किये युद्ध में मारा जाऊं, तो वह मेरे लिए अधिक कल्याणकारी होगा।

सञ्जय उवाच—

एवमुक्त्वाऽर्जुनः साङ्ख्ये रथोपस्थ उपाविशत्।
विसृज्य सशरं चापं शोक-संविग्न-मानसः ॥ 47 ॥

संजय ने कहा, यह कहकर रणभूमि में अपना धनुष - बाण छोड़कर, शोक से व्याकुल चित होकर अर्जुन रथ के पिछले भाग में बैठ गया।

इति श्रीमद्भगवद्गीतासूपनिषत्सु ब्रह्मविद्यायां योगशास्त्रे
श्रीकृष्णार्जुनसंवादेऽर्जुनविषादयोगो नाम
प्रथमोऽध्यायः ॥

श्री मद् भगवद्गीता उपनिषद् में, जो कि, ब्रह्मविद्या, योगशास्त्र और श्रीकृष्ण - अर्जुन संवाद है, अर्जुन का विषादयोग नामक पहला अध्याय समाप्त हुआ।

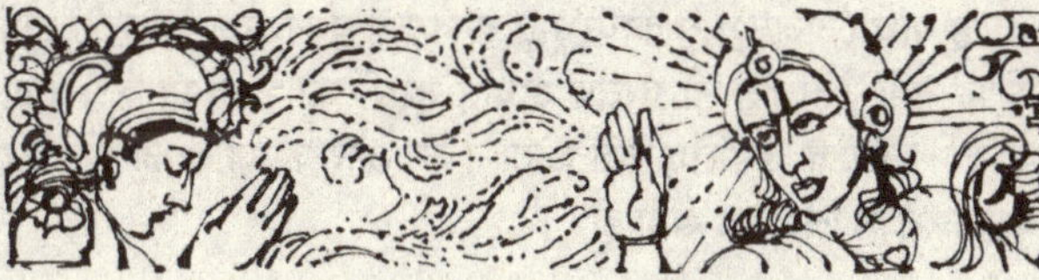

दूसरा अध्याय

(साङ्ख्ययोगः)

सञ्जय उवाच—

तं तथा कृपयाऽऽविष्ट मश्रुपूर्णाकुलेक्षणम्।
विषीदन्त मिदं वाक्य मुवाच मधुसूदनः ॥ 1 ॥

संजय ने कहा, इस प्रकार दयापूर्ण, आंखों में आंसू भरे हुए दुःखी अर्जुन से मधुसूदन (श्रीकृष्ण) बोले,

श्रीभगवानुवाच—

कुतस्त्वा कश्मल मिदं विषमे समुपस्थितम्।
अनार्यजुष्ट मस्वर्ग्य मकीर्तिकर मर्जुन ॥ 2 ॥

भगवान् कृष्ण ने कहा, संकट की इस घड़ी में तेरे मन में यह मोह कहां से आ गया? हे अर्जुन, इस प्रकार के मोह का आचरण आर्य लोगों ने तो कभी नहीं किया। इससे तुम्हें स्वर्ग मिलना तो दूर, उल्टा अपयश ही होगा।

क्लैब्यं मा स्म गमः पार्थ नैतत्त्वय्युपपद्यते।
क्षुद्रं हृदयदौर्बल्यं त्यक्त्वोत्तिष्ठ परन्तप ॥ 3 ॥

हे पार्थ (अर्जुन), तु कायर मत बन। इस प्रकार का आचरण तुझे शोभा नहीं देता। तू तो परंतप अर्थात् दूसरों को (शत्रुओं को) ताप पहुंचाने वाला है, इसलिए दिल छोटा न कर और कमज़ोरी को छोड़कर युद्ध करने के लिए उठ खड़ा हो।

अर्जुन उवाच—

कथं भीष्म महं सङ्ख्ये द्रोणं च मधुसूदन।
इषुभिः प्रतियोत्स्यामि पूजार्हावरिसूदन ॥ 4 ॥

अर्जुन ने कहा, हे मधुसूदन! युद्ध में मैं भीष्म और द्रोण पर किस तरह बाण चलाऊंगा? हे शत्रुओं के नाशकर्त्ता ये तो मेरे लिए पूजनीय हैं।

गुरू नहत्वा हि महानुभावान्
श्रेयो भोक्तुं भैक्ष्य मपीह लोके।
हत्वाऽर्थकामांस्तु गुरू निहैव
भुञ्जीय भोगान् रुधिरप्रदिग्धान् ॥5 ॥

इन पूजनीय गुरुजनों को मारने की अपेक्षा तो इस संसार में भीख मांगकर जीना ही अच्छा है। यद्यपि उन्हें केवल अपने लाभ का ही ध्यान है, फिर भी वे गुरुजन हैं; उन्हें मारकर मैं उनके रक्त से सने हुए सांसारिक सुखों का ही तो उपभोग करूंगा।

न चैतद्विद्मः कतरन्नो गरीयो
यद्वा जयेम यदि वा नो जयेयुः।
यानेव हत्वा न जिजीविषाम-
स्तेऽवस्थिताः प्रमुखे धार्तराष्ट्राः ॥ 6 ॥

हमें तो यह भी मालूम नहीं कि इन दोनों बातों में से कौनसी बात अच्छी है— हम उन्हें जीत लें या वे हमें जीत लें। जिन्हें मारने के बाद हमें जीने की कोई इच्छा नहीं है, वे ही धृतराष्ट्र के पुत्र हमारे सामने डटकर खड़े हैं।

कार्पण्यदोषोपहत स्वभावः
पृच्छामि त्वां धर्मसम्मूढचेताः।
यच्छ्रेयः स्यानिश्चितं ब्रूहि तन्मे
शिष्यस्तेऽहं शाधि मां त्वां प्रपन्नम्॥ 7॥

उन्हें देखकर दीनता के दोष से मेरा सहज स्वभाव नष्ट हो गया है। इसलिए मैं कर्त्तव्य से भी विमुख हो गया हूं। मैं आपसे पूछता हूं, कृपया मेरे लिए कल्याण का जो भी निश्चित साधन हो वह मुझे बताएं। मैं आपका शिष्य हूं, और आपकी शरण में हूं, मुझ दीन को उचित शिक्षा दीजिए।

न हि प्रपश्यामि ममापनुद्याद् यच्छोक मुच्छोषण मिन्द्रियाणाम्।
अवाप्य भूमावसपत्नमृद्धं राज्यं सुराणामपि चाधिपत्यम्॥ 8॥

चाहे मुझे सारी पृथ्वी का धनसम्पन्न निष्कंटक राज्य और देवताओं का स्वामित्व भी क्यों न मिल जाय, परन्तु मुझे ऐसा कोई उपाय नहीं दिखाई पड़ रहा जो इन्द्रियों को सुखाने वाले मेरे शोक को दूर कर सके।

सञ्जय उवाच—

एवमुक्त्वा हृषीकेशं गुडाकेशः परन्तपः।
न योत्स्य इति गोविन्द मुक्त्वा तूष्णीं बभूव ह॥ 9॥

संजय ने कहा, इस प्रकार पराक्रमी गुडाकेश (अर्जुन) ने हृषिकेश (श्रीकृष्ण) से यह सब कहा और फिर गोविन्द (श्रीकृष्ण) से यह कहकर कि मैं युद्ध नहीं करूंगा चुप हो गया।

तमुवाच हृषीकेशः प्रहसन्निव भारत।
सेनयो रुभयो र्मध्ये विषीदन्त मिदं वचः॥10॥

हे भारत (धृतराष्ट्र), दोनों सेनाओं के बीच में इस प्रकार दुःखी होकर बैठे हुए... अर्जुन से परिहास करते हुए श्रीकृष्ण ने कहा,

श्रीभगवानुवाच –

अशोच्या नन्वशोचस्त्वं प्रज्ञावादांश्च भाषसे।
गतासू नगतासूंश्च नानुशोचन्ति पण्डिताः ॥ 11 ॥

श्री भगवान बोले, जिनके लिए शोक करना उचित नहीं उनके लिए तू शोक कर रहा है, फिर भी बुद्धिमानों के जैसी बातें कर रहा है। लेकिन बुद्धिमान् तो न मृतकों के लिए शोक करते हैं और न जीवितों के लिए।

न त्वेवाहं जातु नासं न त्वं नेमे जनाधिपाः।
न चैव न भविष्यामः सर्वे वयमतः परम् ॥ 12 ॥

देखो ऐसा तो है ही नहीं कि मैं पहले कभी न था, तू और ये राजा लोग पहले न थे, और ऐसा भी नहीं हो सकता कि हम सब लोग आगे कभी न होंगे।

देहिनोऽस्मिन् यथा देहे कौमारं यौवनं जरा।
तथा देहान्तरप्राप्ति र्धीरस्तत्र न मुह्यति ॥ 13 ॥

वर्तमान में जिस प्रकार देह धारण करने वाले को इस देह में बालपन, युवावस्था और बुढ़ापा प्राप्त होता है, उसी प्रकार आगे दूसरी देह प्राप्त हुआ करती है। इस बात को समझने वाला धैर्यवान् पुरुष ऐसा शोक नहीं करता कि आत्मा नष्ट होती है।

मात्रास्पर्शास्तु कौन्तेय शीतोष्ण सुखदुःखदाः।
आगमापायिनोऽनित्यास्तांस्तितिक्षस्व भारत ॥ 14 ॥

हे कुन्तीपुत्र अर्जुन, वस्तुओं के संयोग से सर्दी और गर्मी, सुख और दुःख उत्पन्न होते हैं, वे आते हैं और चले जाते हैं। सदा बने नहीं रहते। इसलिए हे भारत (अर्जुन) तू इनको सहन कर।

यं हि न व्यथयन्त्येते पुरुषं पुरुषर्षभ।
समदुःखसुखं धीरं सोऽमृतत्वाय कल्पते॥ 15॥

हे पुरुषों में श्रेष्ठ, जिस पुरुष को ये दुःखी नहीं करते, जो सुख और दुःख में अधीर नहीं होता वही अमरता का पात्र होता है।

नासतो विद्यते भावो नाभावो विद्यते सतः।
उभयोरपि दृष्टोऽन्त स्त्वनयो स्तत्त्वदर्शिभिः॥ 16॥

तत्त्वज्ञानियों ने सत् और असत् को पहचान कर उनके अन्तर को स्पष्ट कर दिया है, उन्होंने निचोड़ निकाला है कि जो नहीं (असत्) है वह हो ही नहीं सकता और जो है (सत्) उसका अभाव नहीं होता। देह का स्वरूप असत् है और आत्मा का सत्।

अविनाशि तु तद्विद्धि येन सर्व मिदं ततम्।
विनाश मव्ययस्यास्य न कश्चित् कर्तुमर्हति॥ 17॥

जो आत्मतत्त्व इस सम्पूर्ण जड़ जगत् में समाया हुआ है, वह अविनाशी है। इस अविनाशी का नाश करने की सामर्थ्य किसी में भी नहीं है।

अन्तवन्त इमे देहा नित्यस्योक्ताः शरीरिणः।
अनाशिनोऽप्रमेयस्य तस्माद्युध्यस्व भारत॥ 18॥

कहा है कि नित्य, अविनाशी और अजेय आत्मा को प्राप्त होने वाले देह नाशवान् हैं। इसलिए हे अर्जुन, तु युद्ध कर।

य एनं वेत्ति हन्तारं यश्चैनं मन्यते हतम्।
उभौ तौ न विजानीतो नायं हन्ति न हन्यते॥ 19॥

एक वह जो इस आत्मा को ही मारनेवाला मानता है या दूसरा वह जो यह समझता है कि आत्मा मारा जाता है, उन दोनों को ही सच्चा ज्ञान नहीं है। क्योंकि आत्मा न तो किसी को मारता है, न वह किसी के द्वारा मारा ही जाता है।

न जायते म्रियते वा कदाचिन्नायं भूत्वा भविता वा न भूयः।
अजो नित्यः शाश्वतोऽयं पुराणो न हन्यते हन्यमाने शरीरे ॥ 20 ॥

यह आत्मा न तो कभी जन्मता है और न मरता ही है, ऐसा भी नहीं है कि यह एकबार होकर फिर कभी होगा ही नहीं। यह अजन्मा, नित्य, सनातन और प्राचीन है, इसलिए शरीर के मारे जाने पर भी यह मरता नहीं है। किसी से मारा नहीं जाता है।

वेदाऽविनाशिनं नित्यं य एनमजमव्ययम्।
कथं स पुरुषः पार्थ के घातयति हन्ति कम् ॥ 21 ॥

हे पार्थ (अर्जुन) , जिसने यह जान लिया है कि यह आत्मा अविनाशी, नित्य, अजन्मा और अव्यय (विकार रहिन) है, वह कैसे किसी को मरवाएगा और कैसे किसी को मारेगा?

वासांसि जीर्णानि यथा विहाय नवानि गृह्णाति नरोऽपराणि।
तथा शरीराणि विहाय जीर्णान्यन्यानि संयाति नवानि देही ॥

जिस प्रकार कोई मनुष्य पुराने वस्त्रों को छोड़कर नये वस्त्र ग्रहण करता है, उसी प्रकार देही (शरीर का स्वामी आत्मा) पुराने शरीर त्यागकर दूसरे शरीर धारण करता है।

नैनं छिन्दन्ति शस्त्राणि नैन दहति पावकः।
न चैनं क्लेदयन्त्यापो न शोषयति मारुतः ॥ 23 ॥

इस आत्मा को शस्त्र काट नहीं सकते, अग्नि इसे जला नहीं सकती, पानी इसे गला नहीं सकता और हवा सुखा नहीं सकती।

अच्छेद्योऽय मदाह्योऽय मक्लेद्योऽशोष्य एव च।
नित्यः सर्वगतः स्थाणु रचलोऽयं सनातनः ॥ 24 ॥

क्योंकि यह आत्मा कभी भी न कटनेवाला, न जलने वाला, न भीगने वाला और न सूखने वाला है और नित्य, सर्वव्यापी, स्थिर, अचल और सनातन है।

अव्यक्तोऽय मचिन्त्योऽय मविकार्योऽय मुच्यते।
तस्मादेवं विदित्वैनं नानुशोचितु मर्हसि ॥ 25 ॥

इस आत्मा को अव्यक्त (जो किसी भी तरह स्पष्ट न किया जा सके) अचिन्त्य (जो मन से जाना न जा सके) और अविकारी (जिसमें किसी प्रकार का विकार नहीं होता) कहते हैं। अतः तू इसे इसी प्रकार का मानते हुए शोक मत कर। ऐसे नित्य आत्मा के लिए शोक करना उचित नहीं है।

अथ चैनं नित्यजातं नित्यं वा मन्यसे मृतम्।
तथापि त्वं महाबाहो नैनं शोचितु मर्हसि ॥ 26 ॥

यदि तू ऐसा मानता हो कि यह आत्मा नित्य नहीं है और शरीर के साथ ही सदा जन्मता या मरता है तो भी हे महाबाहु! उसके लिए शोक करना उचित नहीं है।

जातस्य हि ध्रुवो मृत्युर्ध्रुवं जन्म मृतस्य च।
तस्मा दपरिहार्येऽर्थे न त्वं शोचितु मर्हसि ॥ 27 ॥

क्योंकि जो जन्म लेता है, उसकी मृत्यु निश्चित है और जो मरता है, उसका जन्म निश्चित है, इस लिए इस अवश्य होने वाली बात के लिए शोक करना उचित नहीं है।

अव्यक्तादीनि भूतानि व्यक्त-मध्यानि भारत।
अव्यक्त निधनान्येव तत्र का परिदेवना ॥ 28 ॥

हे भारत, इन मनुष्य आदि शरीरों की आदि अवस्था अर्थात् जन्म लेने से पहले की अवस्था का किसी को कुछ पता नहीं है और मरण के बाद की अवस्था भी स्पष्ट नहीं है, केवल मध्य की अर्थात् वर्तमान अवस्था का ही ज्ञान है, ऐसी दशा में इनके बारे में शोक किस बात का?

आश्चर्यवत्पश्यति कश्चिदेनं आश्चर्यवद्वदति तथैव चान्यः।
आश्चर्यवच्चैन मन्यः श्रृणोति श्रुत्वाप्येनं वेद न चैव कश्चित् ॥ 29 ॥

कोई व्यक्ति तो इस आत्मा को एक अद्भुत वस्तु के रूप में देखता है, कोई अद्भुत वस्तु के रूप में इसका वर्णन करता है और कोई व्यक्ति अद्भुत वस्तु के रूप में इसे सुनता है; लेकिन इस प्रकार इसके बारे में देखने, कहने और सुननेवाले भी तत्त्व रूप में इसे नहीं जानते।

देही नित्य मवध्योऽयं देहे सर्वस्य भारत।
तस्मात् सर्वाणि भूतानि न त्वं शोचितु मर्हसि॥ 30॥

हे अर्जुन, सबके शरीर में रहनेवाला यह आत्मा कभी भी मारे जानेवाला नहीं है, इसलिए किसी भी प्राणी के बारे में तुझे शोक करना उचित नहीं।

स्वधर्ममपि चावेक्ष्य न चिकम्पितु मर्हसि।
धर्म्याद्धि युद्धाच्छ्रेयोऽन्यत् क्षत्रियस्य न विद्यते॥ 31॥

युद्धरूप अपने धर्म को भी देखकर तुझे घबराना नहीं चाहिए, क्योंकि क्षत्रिय के लिए धर्मरूप युद्ध से बढ़कर दूसरा कुछ भी कल्याणकारकर नहीं है।

यदृच्छया चोपपन्नं स्वर्गद्वार मपावृतम्।
सुखिनः क्षत्रियाः पार्थ लभन्ते युद्ध मीदृशम्॥ 32॥

हे पार्थ, धर्मरूप युद्ध मानों स्वर्ग का खुला हुआ द्वार है। वे क्षत्रिय सुखी हैं, जिन्हें संयोग से इस प्रकार का युद्ध लड़ने का अवसर मिलता है।

अथ चेत्त्वमिमं धर्म्यं संग्रामं न करिष्यसि।
ततः स्वधर्मं कीर्तिञ्च हित्वा पाप मवाप्स्यसि॥ 33॥

अब अगर तू इस धर्मरूप युद्ध को न लड़ेगा तो अपने धर्म और कीर्ति को खोकर तू पाप का भागी बनेगा।

अकीर्तिञ्चापि भूतानि कथयिष्यन्ति तेऽव्ययाम्।
संभावितस्य चाकीर्ति मरणा दतिरिच्यते॥ 34॥

इतना ही नहीं, लोग सब जगह तेरे अपयश की बातें किया करेंगे, और जो आदमी प्रतिष्ठा पा चुका हो, उसके लिए अपयश मृत्यु से भी बढ़कर कष्टदायी है।

भयाद्रणा दुपरतं मंस्यन्ते त्वां महारथाः ।
येषां च त्वं बहुमतो भूत्वा यास्यसि लाघवम् ॥ 35 ॥

ये बड़े - बडे योद्धा यह समझेंगे कि तू डरकर युद्ध से भाग रहा है, और जो लोग तेरा बहुत सम्मान करते थे, वे तुझे बहुत छोटा समझेंगे।

अवाच्य-वादांश्च बहून् वदिष्यन्ति तवाहिताः ।
निन्दन्तस्तव सामर्थ्यं ततो दुःखतरं नु किम् ॥ 36 ॥

तेरे शत्रु तेरी शक्ति की निन्दा करते हुए तुझे अनेक अनकहनी बातें कहेंगे, तब तेरे लिए इससे बढ़कर दुः ख की और क्या बात होगी?

हतो वा प्राप्स्यसि स्वर्गं जित्वा वा भोक्ष्यसे महीम् ।
तस्मा दुत्तिष्ठ कौन्तेय युद्धाय कृतनिश्चयः ॥37 ॥

हे कुन्ती - पुत्र अर्जुन, यदि तू युद्ध में मारा गया तो तुझे स्वर्ग मिलेगा और यदि तू विजयी हुआ तो पृथ्वी का भोग करेगा। इसलिए तू लड़ने का निश्चय करके उठ खड़ा हो।

सुखदुःखे समे कृत्वा लाभालाभौ जयाजयौ ।
ततो युद्धाय युज्यस्व नैवं पाप मवाप्स्यसि ॥ 38 ॥

सुख और दुः ख को, लाभ और हानि को, जीत और हार को एक समान समझ और युद्ध के लिए तैयार हो जा। इस तरह तुझे पाप नहीं लगेगा।

एषा तेऽभिहिता सांख्ये बुद्धिर्योगे त्विमां श्रृणु ।
बुद्ध्या युक्तो यया पार्थ कर्मबन्धं प्रहास्यसि ॥ 39 ॥

हे पार्थ, मैंने तुझे यह उपदेश ज्ञानयोग के अनुसार दिया है, अब वही कर्मयोग के अनुसार तुझे समझाता हूं, सो सुन। इस कर्मयोग के द्वारा ही तू कर्मों के बन्धनों का नाश कर सकेगा।

नेहाभिक्रम नाशोऽस्ति प्रत्यवायो न विद्यते ।
स्वल्पमप्यस्य धर्मस्य त्रायते महतो भयात् ॥ 40 ॥

कर्मयोग के इस मार्ग में किया गया कोई भी प्रयत्न कभी नष्ट नहीं होता, और न कोई बाधा ही बनी रहती है। इस कर्मयोग रूप धर्म का थोड़ासा अंश भी बड़े भारी भय से बचाता है।

व्यवसायात्मिका बुद्धि रेकेह कुरुनन्दन।
बहुशाखा ह्यनन्ताश्च बुद्धयोऽव्यवसायिनाम् ॥ 41 ॥

हे कुरुपुत्र अर्जुन, कर्मयोग का मार्ग अपनाने वाले लोगों में दृढ़संकल्पवाली एक ही बुद्धि होती है, लेकिन जो अनिश्चित मन वाले हैं, उनके दिमाग अनेक दिशाओं में भटकते हैं, उनकी बुद्धि कई प्रकार के तर्क - वितर्क करती है।

यामिमां पुष्पितां वाचं प्रवदन्त्यविपश्चितः।
वेदवादरताः पार्थ नान्यदस्तीति-वादिनः ॥ 42 ॥
कामात्मानः स्वर्गपरा जन्मकर्म-फलप्रदाम्।
क्रियाविशेष-बहुलां भोगैश्वर्यगतिं प्रति ॥ 43 ॥

हे पार्थ, जिनपर कामनाओं का भूत सवार है, जो कर्मकांड आदि से अमुक फल की प्राप्ति होती है बताने वाले वेद वाक्यों में ही प्रीति रखते हैं, जो स्वर्ग को ही परम श्रेष्ठ मानने वाले हैं, जो यह कहते हैं कि कर्मफल, स्वर्गादि से बढ़कर कुछ और नहीं है,वे अविवेकी लोग कर्मानुसार पुनर्जन्म को देने वाली तथा भोग एवं एश्वर्य की प्राप्ति के लिए किये जाने वाले कर्मों के वर्णन से भरी हुई वाणी बहुत बढ़ा - चढ़ाकर बोलते हैं।

भौगैश्वर्य–प्रसक्तानां तयापहृत–चेतसाम्।
व्यवसायात्मिका वुद्धिः समाधौ न विधीयते ॥ 44 ॥

भोग और एश्वर्य में आसक्त रहनेवाले इन लोगों की बुद्धि मारी जाती है, इनमें किसी बात का निश्चय करने वाली बुद्धि नहीं होती, फलस्वरूप इनकी बुद्धि एकाग्र भी नहीं हो सकती।

त्रैगुण्य-विषया वेदा निस्त्रैगुण्यो भवार्जुन। स्त्र
निर्द्वन्द्वो नित्य-सत्त्वस्थो निर्योगक्षेम आत्मवान्॥ 45॥

हे अर्जुन, इस प्रकार वेद तीन गुणों (सत्त्व, रज्, तम) के कार्यरूप सब भोगों और उनके साधनों का वर्णन करते हैं, जिससे मनुष्य सुख - दुः ख आदि में फंसा रहता है, तू इनमें आसक्त मत हो, इनसे ऊपर उठ। तू सब प्रकार के द्वन्द्वों (सुख - दुः ख, हर्ष - शोक, हानि - लाभ आदि) से मुक्त हो जा, सदा सत्त्वगुण (पुरूषार्थ) में स्थित हो और योग (सांसारिक पदार्थों का संग्रह) तथा क्षेम (पदार्थों की रक्षा) की चिन्ता छोड़कर आत्मपरायण हो, आत्मा के स्वरूप को पहचानने की चेष्टा कर।

यावानर्थ उदपाने सर्वतः संप्लुतोदके।
तावान् सर्वेषु वेदेषु ब्राह्मणस्य विजानतः॥ 46॥

जिस प्रकार प्यासा मनुष्य सब ओर से भरेपूरे जलाशय में से अपनी आवश्यकता भर का जल ले लेता है, वैसे ही विद्वान् ब्राह्मण समस्त वेदों में से आवश्यक अंश ही ग्रहण करता है।

कर्मण्येवाधिकारस्ते मा फलेषु कदाचन।
मा कर्मफलहेतुर्भू र्मा ते सङ्गोऽस्त्वकर्मणि॥ 47॥

तुझे केवल कर्म करने का अधिकार है, कर्म के परिणाम पर तेरा तनिक भी अधिकार नहीं है, इसलिए तू फल - प्राप्ति का लक्ष्य बनाकर कर्म मत कर, ऐसा भी मत सोच कि जब कर्म का परिणाम मेरे हाथ में नहीं है तो मैं कर्म करूं ही क्यों? अकर्म (कर्म न करना) के प्रति तेरा अनुराग ठीक नहीं है।

योगस्थः कुरु कर्माणि सङ्गं त्यक्त्वा धनञ्जय।
सिथसिद्धयोः समो भूत्वा समत्वं योग उच्यते॥ 48॥

हे धनंजय, आसक्ति को त्याग कर तथा सफलता और असफलता में समान भाव रखकर योग में स्थित होकर तू कर्म कर, (याद रख) सफलता - असफलता में समान भाव रखना ही योग कहलाता है।

दूरेण ह्यवरं कर्म बुद्धियोगा द्धनञ्जय।
बुद्धौ शरणमन्विच्छ कृपणाः फलहेतवः॥ 49॥

हे धनंजय, समता वाली बुद्धि के मुकाबले में सकाम कर्म वाली बुद्धि बहुत घटिया है, इसलिए तू समता वाली बुद्धि का आश्रय ले, जो लोग कर्म के फल की इच्छा रखते हैं वे तो दया के पात्र हैं।

बुद्धियुक्तो जहातीह उभे सुकृतदुष्कृते।
तस्मा द्योगाय युज्यस्व योगः कर्मसु कौशलम्॥ 50॥

समता वाली बुद्धि रखने पर मनुष्य पुण्य और पाप दोनों का यहीं त्याग कर देता है। समबुद्धि वाला मनुष्य इस लोक में पाप - पुण्य से मुक्त हो जाता है। इसलिए तू योग में जुट जा। पाप - पुण्य से बचकर कर्म करने की कुशलता को ही योग कहते हैं।

कर्मजं बुद्धियुक्ता हि फलं त्यक्त्वा मनीषिणः।
जन्मबन्ध-विनिर्मुक्ताः पदं गच्छन्त्यनामयम्॥ 51॥

क्योंकि समबुद्धि रखने वाले बुद्धिमान् लोग कर्मों से प्राप्त फल का त्याग करके जन्म के बन्धन से मुक्त हो जाते हैं और निर्विकार पद (मोक्ष) पा जाते हैं। समानबुद्धि वाले मनुष्य को कर्मों के अनुसार जन्म - मरण की बाधा नहीं व्यापती है। वह मुक्त - आत्मा ही बना रहता है।

यदा ते मोहकलिलं बुद्धि र्व्यतितरिष्यति।
तदा गन्तासि निर्वेदं श्रोतव्यस्य श्रुतस्य च॥ 52॥

इस प्रकार कर्मयोग पर चलते - चलते जब तेरी बुद्धि मोहरूपी कीचड़ से पार हो जाएगी तब तू कर्मफलों के बारे में पहले सुने हुए और भविष्य में सुने जाने वाले भोगों से विरक्त हो जाएगा। अमुक कर्म से स्वर्ग और अमुक कर्म से ऐश्वर्य मिलता है, इस प्रकार की कामना तेरे मन में नहीं उठेगी।

श्रुति-विप्रतिपन्ना ते यदा स्थास्यति निश्चला।
समाधावचला बुद्धिस्तदा योग मवाप्स्यसि ॥ 53 ॥

भांति - भांति के सिद्धान्तों को सुनने के कारण तेरी बुद्धि चंचल हो गई है, वह जब पक रूप होकर निश्चल हो जायगी तब तू आत्म - दर्शन रूप योग को प्राप्त होगा।

अर्जुन उवाच —

स्थितप्रज्ञस्य का भाषा समाधिस्थस्य केशव।
स्थितधीः किं प्रभाषेत किमासीत व्रजेत किम् ॥ 54 ॥

अर्जुन (जो चुपचाप कृष्ण की बातें सुन रहा था) बोला, हे केशव! समाधि में स्थित स्थितप्रज्ञ पुरुष का क्या लक्षण है? जिस व्यक्ति की बुद्धि स्थिर हो गई है। उसके बोलने, बैठने और चलने का ढंग क्या दूसरों से कुछ अलग होता है?

श्रीभगवानुवाच—

प्रजहाति यदा कामान् सर्वान् पार्थ मनोगतान्।
आत्मन्येवात्मना तुष्टः स्थितप्रज्ञ स्तदोच्यते ॥ 55 ॥

श्री भगवान ने कहा, हे पार्थ! जब मनुष्य अपने मन की सब इच्छाओं को त्याग देता है और मन से आत्म - स्वरूप का चिन्तन करते - करते उसीमें सन्तुष्ट हुआ रहता है तब उसकी बुद्धि स्थिर हो जाती है, वह स्थिर बुद्धि वाला पुरुष ही स्थितप्रज्ञ कहलाता है।

दुःखेष्वनुद्विग्नमनाः सुखेषु विगतस्पृहः।
वीतरागभयक्रोधः स्थितधी र्मुनिरुच्यते ॥ 56 ॥

जो व्यक्ति दुः ख से दुः खी नहीं होता और जिसे सुख की लालसा नहीं होती तथा जो रोग, भय और क्रोध से मुक्त है वही स्थिर बुद्धि वाला व्यक्ति है। उसे ही मुनि कहते हैं।

यः सर्वत्रानभिस्नेह तत्तत्प्राप्य शुभाशुभम्।
नाभिनन्दति न द्वेष्टि तस्य प्रज्ञा प्रतिष्ठिता ॥ 57 ॥

जिसे कहीं भी किसीसे न तो स्नेह है और जो भले - बुरे परिणाम को पाकर न तो प्रसन्न होता है और न ही अप्रसन्न उसी की बुद्धि स्थिर है।

यदा संहरते चायं कूर्मोऽङ्गानीव सर्वशः।
इन्द्रियाणीन्द्रियार्थेभ्य स्तस्य प्रज्ञा प्रतिष्ठिता ॥ 58 ॥

जैसे कछुआ अपने अंगों को बाहर की ओर से भीतर की ओर समेट लेता है, वैसे ही जब मनुष्य सब ओर से अपनी इन्द्रियों को इन्द्रियों के विषयों से समेट लेता है, तब उसकी बुद्धि स्थिर होती है।

विषया विनिवर्तन्ते निराहारस्य देहिनः।
रसवर्जं रसोऽप्यस्य परं दृष्ट्वा निवर्तते ॥ 59 ॥

निराहारी अर्थात् इन्द्रियों को विषयों से हटा लेने वाले पुरुष विषय को तो छोड़ देते हैं, लेकिन उसका रस लेने की चाह नहीं जाती, लेकिन स्थिर बुद्धि वाले व्यक्ति की विषय के प्रति चाह और विषय दोनों ही छूट जाते है।

यततो ह्यपि कौन्तेय पुरुषस्य विपश्चितः।
इन्द्रियाणि प्रमाथीनि हरन्ति प्रसभं मनः ॥ 60 ॥

हे कुन्ति - पुत्र अर्जुन, ये इन्द्रियां इतनी प्रबल होती हैं कि जो व्यक्ति विषयों और उनकी चाह पर काब करने का प्रयत्न करता रहता है, उसके मन को भी ये इन्द्रियां बलपूर्वक विचलित कर देती हैं।

तानि सवोणि संयम्य युक्त आसीत मत्परः।
वशे हि यस्येन्द्रियाणि तस्य प्रज्ञा प्रतिष्ठिता ॥ 61 ॥

इसलिए कर्मयोग की साधना करने वाले साधक को चाहिए कि वह सारी इन्द्रियों को वश में करके मुझमें मन लगाकर बैठे (आत्मा में सर्वोत्तम परमात्मा में ध्यान लगाए)। क्योंकि जिसकी इन्द्रियां वश में हैं, उसकी बुद्धि स्थिर है।

ध्यायतो विषयान् पुंसः सङ्गस्तेषूपजायते।
सङ्गात् सञ्जायते कामः कामात् क्रोधोऽभिजायते ॥ 62 ॥

विषयों के बारे में सोचते रहने वाले मनुष्य का विषयों में मन लगने लगता है, मन लगने से विषयों के प्रति वासना उत्पन्न होती है, और वासना से (इच्छा पूरी न होने के कारण) क्रोध उत्पन्न होता है।

क्रोधाद्भवति संमोहः संमोहात् स्मृतिविभ्रमः।
स्मृतिभ्रंशाद् बुद्धिनाशो बुद्धिनाशात् प्रणश्यति ॥ 63 ॥

क्रोध से अविवेक पैदा होता है, अविवेक से स्मरणशक्ति जाती रहती है, जिससे बुद्धि का नाश हो जाता है और बुद्धि के नष्ट हो जाने से मनुष्य का सर्वनाश हो जाता है।

रागद्वेष वियुक्तैस्तु विषया निन्द्रियैश्चरन्।
आत्मवश्यै र्विधेयात्मा प्रसाद मधिगच्छति ॥ 64 ॥

परन्तु जिसका मन अपने वश में है और जिसकी इन्द्रियां राग - द्वेष से रहित होकर उसके वश में रहती हैं, वह मनुष्य इन्द्रियों द्वारा - विषयों को भोगता हुआ भी मन से प्रसन्न रहता है।

प्रसादे सर्वदुःखानां हानि रस्योपजायते।
प्रसन्न-चेतसो ह्याशु बुद्धिः पर्यवतिष्ठते ॥ 65 ॥

मन शान्त हो जाने पर उसके सब दुः ख दूर हो जाते हैं, जिसका चित्त से प्रसन्न है उसकी बुद्धि भी तुरन्त स्थिर हो जाती है।

नास्ति बुद्धि स्युक्तस्य न चायुक्तस्य भावना।
न चाभावयतः शान्ति रशान्तस्य कुतः सुखम् ॥ 66 ॥

इस प्रकार जो योगयुक्त नहीं हुआ है, उसमें बुद्धि और भावना नहीं हैं, और जिसमें भावना अर्थात् निष्ठा नहीं है, उसे शान्ति नहीं मिलती और जिसे शान्ति ही नहीं उसे सुख कहां से मिलेगा?

इन्द्रियाणां हि चरतां यन्मनोऽनुविधीयते।

तदस्य हरति प्रज्ञां वायु नवमिवांभसि ॥ 67 ॥

विषयों में भटकने वाली इन्द्रियों के पीछे जब मनुष्य का मन दौड़ने लगता है तो वह बुद्धि को चाहे जहां उसी प्रकार खींच ले जाता है, जैसे वायु नौका को पानी में अपने अनुकूल खींच ले जाती है।

तस्माद्यस्य महाबाहो निगृहीतानि सर्वशः।

इन्द्रियाणीन्द्रियार्थेभ्य-स्तस्य प्रज्ञा प्रतिष्ठिता ॥ 68 ॥

इसलिए हे महाबाहु अर्जुन, जिसकी इन्द्रियां उनके विषयों से दूर हटी हुई हैं, समझलो कि उसी की बुद्धि स्थिर है।

या निशा सर्वभूतानां तस्यां जागर्ति संयमी।

यस्यां जाग्रति भूतानि सा निशा पश्यतो मुनेः ॥ 69 ॥

सब प्राणियों के लिए जो रात अर्थात् सोने का समय है संयमी पुरुष के लिए वही जागने का समय है, और जब सारे प्राणी जागते रहते हैं तो ज्ञानवान् पुरुष के लिए वही रात अर्थात् समाधि लगाने का समय होता है।

आपूर्यमाप मचलप्रतिष्ठं-समुद्रमापः प्रविशन्ति यद्वत्।

तद्वत्कामा यं प्रविशन्ति सर्वे स शान्ति मामोति न कामकामी ॥ 70 ॥

भिन्न - भिन्न नदियों के जल से भरते चले जाने पर भी समुद्र जिस प्रकार अचल बना रहता है, अपनी मर्यादा नहीं लांघता, उसी प्रकार जिस पुरुष में समस्त विषय उसकी शान्ति भंग किये बिना ही प्रवेश करते हैं, उसे ही शान्ति मिलती है, विषयों की कामना करने वाले पुरुष को यह शान्ति नहीं मिलती।

विहाय कामान् यः सर्वान् पुमांश्चरति निस्पृहः।

निर्ममो निरहङ्कारः स शान्ति मधिगच्छति ॥ 71 ॥

जो पुरुष सब प्रकार की कामनाओं को छोड़कर इच्छा रहित होकर सारे कार्य, करता है और जो ममता तथा अहंकार से रहित है, वही शांति पाता है।

एषा ब्राह्मी स्थितिः पार्थ नैनां प्राप्य विमुह्यति।
स्थित्वास्या मन्तकालेऽपि ब्रह्मनिर्वाण मृच्छति ॥ 72 ॥

हे पार्थ, यही ब्राह्मी स्थिति है। अर्थात् ब्रह्म में स्थित होने की स्थिति यही है। इस स्थिति को प्राप्त कर लेने पर मनुष्य फिर मोह के वश में नहीं होता। अन्तकाल में भी इस स्थिति में स्थित होकर मनुष्य ब्रह्म - निर्वाण (अर्थात् परमात्मा के स्वरूप में मिल जाने की स्थिति)को प्राप्त करता है।

इति श्रीमद्भगवद्गीतासूपनिषत्सु ब्रह्मविद्यायां योगशास्त्रे
श्रीकृष्णार्जुनसंवादे सांख्ययोगो नाम
द्वितीयोऽध्यायः ॥

इस प्रकार श्री भगवान् के गाये हुए गीता - उपनिषद् में ब्रह्मविद्या के अन्तर्गत कर्मयोग शास्त्र विषयक श्रीकृष्ण और अर्जुन के संवाद में सांख्ययोग नामक दुसरा अध्याय समाप्त हुआ।

तीसरा अध्याय

(कर्मयोगः)

अर्जुन उवाच—

ज्यायसी चेत्कर्मणस्ते मता बुद्धि र्जनार्दन।
तत्किं कर्मणि बोरे मां नियोजयसि केशव ॥ 1 ॥

अर्जुन ने कहा, हे जनार्दन! अगर आप कर्म की अपेक्षा बुद्धि को श्रेष्ठ मानते हैं तो फिर हे केशव! मुझे इस घोर कर्म में क्यों लगाते हैं?

व्यामिश्रेणेव वाक्येन बुद्धिं मोहयसीव मे।
तदेकं वद निश्चित्य येन श्रेयोऽहमाप्नुयाम् ॥ 2 ॥

आप सन्देह में डालने वाली मिली - जुली बातें कहकर मेरी बुद्धि को चक्कर में डाल रहे हैं। इसलिए आप एक निश्चित बात कहें, जिससे मेरा कल्याण हो।

श्रीभगवानुवाच—

लोकेऽस्मिन्द्विविधा निष्टा पुरा प्रोक्ता मयानघ।
ज्ञानयोगेन साङ्ख्यानां कर्मयोगेन योगिनाम् ॥ 3 ॥

श्री भगवान् ने कहा, हे निष्पाप अर्जुन, मैंने पहले (पिछले अध्याय में) यह बताया है कि इस लोक में दो प्रकार के मार्ग हैं, चिन्तनशील प्राणियों के लिए ज्ञानमार्ग है और कर्मयोगियों के लिए कर्ममार्ग।

न कर्मणा मनारम्भा न्नैष्कर्म्य पुरुषोऽश्नुते।
न च संन्यसनादेव सिद्धिं समधिगच्छति ॥ 4 ॥

कोई आदमी कर्म करना शुरू ही न करे और सोचले कि उसकी कर्म से मुक्ति हो गई तो उसका ऐसा सोचना व्यर्थ है, क्योंकि इस तरह वह कर्म से मुक्ति नहीं पा सकता है। और कर्म का त्याग करने से भी सिद्धि नहीं मिलती है। किसी भी तरह कर्म न करने से कोई लाभ नहीं है।

न हि कश्चित् क्षणमपि जातु तिष्ठत्यकर्मकृत्।
कायते ह्यवशः कर्म सर्वः प्रकृतिजैगुणैः ॥ 5 ॥

क्योंकि कोई भी मनुष्य कुछ न कुछ कर्म किये बिना क्षण भर भी नहीं रह सकता। कर्म करते रहना प्रकृति का गुण है, अतः प्रत्येक व्यक्ति को विवश होकर कर्म करना ही पड़ता है।

कर्मेन्द्रियाणि संयम्य य आस्ते मनसा स्मरन्।
इन्द्रियार्थान्विमूढात्मा मिथ्याचारः स उच्यते ॥ 6 ॥

जो मूढ़ कर्मेन्द्रियों को रोककर मन से इन्द्रियों के विषयों के बारे में सोचता है वह पाखंडी कहलाता है।

यस्त्विन्द्रियाणि मनसा नियम्यारभतेऽर्जुन।
कर्मेन्द्रियैः कर्मयोग मसक्तः स विशिष्यते ॥ 7 ॥

परन्तु हे अर्जुन, जो मनुष्य मन द्वारा इन्द्रियों को वश में रखता है और आसक्ति के बिना कर्मेन्द्रियों को कर्म के मार्ग में लगाता है, वही व्यक्ति श्रेष्ठ है।

नियतं कुरु कर्म त्वं कर्म ज्यायो ह्यकर्मणः ।
शरीरयात्रापि च ते न प्रसिद्ध्ये दकर्मणः ॥ 8 ॥

इसलिए तेरे लिए जो कर्म नियत है तू उसे कर, क्योंकि कर्म न करने से करना अच्छा है। कर्म किये बिना तो इस शरीर का सफर भी काटा नहीं जा सकता।शरीर का पालन पोषण करने के लिए भी कर्म तो करना ही पड़ता है।

यज्ञार्थात् कर्मणोऽन्यत्र लोकोऽयं कर्मबन्धनः ।
तदर्थं कर्म कौन्तेय मुक्तसङ्गः समाचर ॥ 9 ॥

यज्ञ के लिए अथवा यज्ञ के रूप में किये जाने वाले कर्मों के सिवा दूसरे कर्म मनुष्य को कर्म बन्धन में बांधते हैं। इसलिए हे अर्जुन! सब तरह से आसक्ति रहित होकर यज्ञ के लिए ही तू कर्म कर।

सहयज्ञाः प्रजाः सृष्ट्वा पुरोवाच प्रजापतिः ।
अनेन प्रसविष्यध्व मेष वोऽस्त्विष्टकामधुक ॥ 10 ॥

प्रजापति भगवान् नारायण ने पहले यज्ञ के साथ - साथ प्रजा को रचकर कहा था कि इस यज्ञ के द्वारा तुम फलों - फूलो और यह यज्ञ तुम्हें मनचाहे फलों को देने वाला हो।

देवान् भावयतानेन ते देवा भावयन्तु वः ।
परस्परं भावयन्तः श्रेयः पर मवाप्स्यथ ॥ 11 ॥

इस यज्ञ के द्वारा तुम देवताओं को संतुष्ट करते रहो और वे देवता तुम्हें सन्तुष्ट करते रहें। इस प्रकार परस्पर एक दूसरे को सन्तुष्ट करते हुए तुम दोनों का परम कल्याण होगा।

इष्टान् भोगान्हि वो देवा दास्यन्ते यज्ञ-भाविताः ।
तैर्दत्ता नप्रदायैभ्यो यो भुङ्क्ते स्तेन एव सः ॥ 12 ॥

यज्ञ से प्रसन्न होकर देवता तुम्हें वे सब सुख - भोग प्रदान करेंगे, जिन्हें तुम चाहते हो। देवताओं द्वारा दिये गये भोगों को जो व्यक्ति उन्हें अर्पण किये बिना भोगता है, वह चोर है।

यज्ञशिष्टाशिनः सन्तो मुच्यन्ते सर्वकिल्बिषैः।
भुञ्जते ते त्वधं पापा ये पचन्त्यात्मकारणात्॥ 13॥

वे सन्त व्यक्ति जो यज्ञ के बाद बची हुई वस्तु का उपभोग करते हैं, सब प्रकार के पापों से मुक्त हो जाते हैं, परन्तु जो दुष्ट लोग केवल अपने लिए ही भोजन पकाते हैं, वे तो पाप ही खाते हैं।

अन्नाद्भवन्ति भूतानि पर्जन्यादन्नसम्भवः।
यज्ञाद्भवति पर्जन्यो यज्ञः कर्म-समुद्भवः॥ 14॥

अन्न से सब प्राणी उत्पन्न होते हैं, अन्न की उत्पत्ति वर्षा से होती है, वर्षा की उत्पत्ति यज्ञ से होती है और यज्ञ की उत्पत्ति कर्म से होती है।

कर्म ब्रह्मोद्भवं विद्धि ब्रह्माक्षरसमुद्भवम्।
तस्मात् सर्वगतं ब्रह्म नित्यं यज्ञे प्रतिष्ठितम्॥ 15॥

तू यह बात समझले कि कर्म की उत्पत्ति ब्रह्म अर्थात् प्रकृति से हुई है और यह प्रकृति अक्षरब्रह्म से उत्पन्न होती है और इसलिए सर्वव्यापक ब्रह्म सदा यज्ञ में विद्यमान रहता है।

एवं प्रवर्तितं चक्रं नानुवर्तयतीह यः।
अघायु रिन्द्रियारामो मोघं पार्थ स जीवति॥ 16॥

हे पार्थ, जो इस प्रकार चलाये गये चक्र के अनुसार नहीं चलता है, वह पाप पूर्ण जीवन जीता है, इन्द्रिय - सुखों में फंसा रहता है, उसका जीना ही बेकार है।

यस्त्वात्मरतिरेव स्या दात्मतृप्तश्च मानवः।
आत्मन्येव च संतुष्ट स्तस्य कार्यं न विद्यते॥ 17॥

परन्तु जो मनुष्य केवल आत्मा में ही लीन रहता है, आत्मा में ही तृप्त और आत्मा में ही संतुष्ट हो जाता है अर्थात् सब प्रकार से आत्मा के महत्त्व को। समझ लेता है, उस मनुष्य के लिए स्वयं अपने लिए कोई कर्म करने को शेष नहीं रह जाता। वह कर्त्तव्य की भावना से भर जाता है।

नैव तस्य कृतेनाथ नाकृतेनेह कश्चन।
न चास्य सर्वभूतेषु कश्चिदर्थव्यपाश्रयः ॥ 18 ॥

इसी प्रकार उस मनुष्य को इस संसार में कोई भी काम करने या न करने से कोई प्रयोजन नहीं रह जाता। वह किसी भी प्राणी पर अपने किसी स्वार्थ के लिए निर्भर नहीं रहता।

तस्मा दसक्तः सततं कार्यं कर्म समाचर।
असक्तो ह्याचरन् कर्म परमाप्नोति पूरुषः ॥ 19 ॥

इसीलिए आसक्ति रहित होकर लगातार कर्त्तव्य कर्म करता रह, क्योंकि अनासक्त रहकर कर्म करता हुआ मनुष्य परम आत्म तत्त्व को प्राप्त कर लेता है।

कर्मणैव हि संसिद्धि मास्थिता जनकादयः।
लोकसंग्रह मेवापि संपश्यन् कर्तु मर्हसि ॥ 20 ॥

जनक आदि लोग कर्म द्वारा ही पूर्णता तक पहुंचे थे। (इस प्रकार पहले लोगों का आदर्श तो तेरे सामने है ही) वैसे भी तुझे लोकसंग्रह (परोपकार) के लिए भी कर्म करना चाहिए।

यद्यदाचरति श्रेष्ठ स्तत्तदेवेतरो जनः।
स यत्प्रमाणं कुरुते लोक स्तदनुवर्तते ॥ 21 ॥

क्योंकि श्रेष्ठ पुरुष जैसा - जैसा आचरण करता है, दूसरे लोग भी वैसा ही करने लगते हैं। इस प्रकार वह श्रेष्ठ पुरूष जैसा आदर्श उपस्थित करता है, रोग भी उसी को प्रमाण मानकर उसी के पीछे चलने लगते हैं।

न मे पार्थास्ति कर्तव्यं त्रिषु लोकेषु किञ्चन।
गनबाप्त मवाप्तव्यं वर्त एव च कर्मणि ॥ 22 ॥

हे पार्थ, (तू मुझे ही देख) तीनों लोकों में ऐसा कोई भी काम नहीं है, जो मुझे करना हो और न ही कोई ऐसी दुर्लभ वस्तु है जो मुझे प्राप्त करनी हो फिर भी मैं कर्म में लगा ही रहता हूं।

यदि ह्यहं न वर्तेयं जातु कर्म ण्यतन्द्रितः।
मम वत्र्मानुवर्तन्ते मनुष्याः पार्थ सर्वशः ॥ 23 ॥

यदि मैं आलस्य छोड़कर, सदा ही कर्म में न लगा रहूं, तो हे पार्थ, लोग भी सब प्रकार से मेरी ही नकल करने लगें, अर्थात् मेरी देखा-देखी वे भी कर्म करना छोड़ दें।

उसीदेयु रिमे लोका न कुर्यों कर्म चेदहम्।
सङ्करस्य च कर्ता स्या मुपहन्या मिमाः प्रजाः ॥ 24 ॥

यदि मैं कर्म न करूं तो मेरे पीछे चलकर ये सब लोक नष्ट हो जाएं और फिर मैं वर्णसंकर उत्पन्न करने वाला बनूं। इस प्रकार मैं प्रजाजनों का नाश करने वाला होऊं।

सक्ताः कर्म ण्यविद्वांसो यथा कुर्वन्ति भारत।
कुर्या द्विद्वां स्तथासक्त श्चिकीर्षु-र्लोकसंग्रहम् ॥ 25 ॥

इसलिए हे भारत (अर्जन), मूर्ख लोग जिस प्रकार आसक्त रहकर कर्म करते हैं, वैसे ही ज्ञानी को भी अनासक्त रहकर केवल लोक-संग्रह के लिए कर्म करना चाहिए।

न बुद्धिभेदं जनये दज्ञानां कर्मसङ्गिनाम्।
जोषयेत् सर्वकर्माणि विद्वान् युक्तः समाचरन् ॥ 26 ॥

ज्ञानी पुरुष को चाहिए कि वह कर्म में आसक्त अज्ञानियों के मन को दुविधा में न फंसाये, योगयुक्त कर्म करने वाले को चाहिए कि वह दूसरे लोगों को भी कर्म में लगाए।

प्रकृतेः क्रियमाणानि गुणैः कर्माणि सर्वशः।

अहङ्कार-विमूढात्मा कर्ताहमिति मन्यते ॥ 27 ॥

यद्यपि सारे कर्म प्रकृति के गुणों द्वारा ही किये गये होते हैं, फिर भी अहंकारी मूढ़ आत्मा यही मानता है कि मैं ही करने वाला हूं।

तत्त्ववित्तु महाबाहो गुण-कर्म-विभागयोः।

गुणा गुणेषु वर्तन्त इति मत्वा न सज्जते ॥ 28 ॥

हे महाबाहु, गुण - कर्म - विभाग के तत्त्व को जानने वाला ज्ञानी पुरुष यह जानता है कि इन्द्रियादि रूप गुण ही विषय रूप गुणों में अपना कार्य कर रहे हैं, आत्मा इनसे तटस्थ है, इसलिए वह उन कर्मों में आसक्त नहीं होता। अर्थात् कर्मों का कर्त्ता अपने आपको नहीं मानता।

प्रकृते-गुण-संमूढाः सज्जन्ते गुणकर्मसु।

तानकृत्स्नविदो मन्दान् कृत्स्नविन विचालयेत् ॥ 29 ॥

प्रकृति के गुणों से अत्यन्त मोहित हुए पुरुषहम अमुक फल के लिए कर्म करते हैं — ऐसा सोचते हुए गुणों के द्वारा उत्पन्न कर्मों में आसक्त होते हैं। पर जो व्यक्ति समस्त तत्त्व को भली प्रकार समझने वाला आत्मज्ञानी है उसे चाहिए कि वह कम जानने वाले मन्दबुद्धि व्यक्ति को विचलित न करे। भाव यह कि मैं तुझे भटकाना नहीं चाहता।

मयि सर्वाणि कर्माणि संन्यस्याध्यात्म-चेतसा।

निराशी र्निमेमो भूत्वा युध्यस्व विगत-ज्वरः ॥ 30 ॥

इसलिए तू अपनी चेतना को आत्मा में स्थिर रखता हुआ, अपने सब कर्मो को मुझमें विसर्जित करके और उन कर्मों के फल की आशा तथा उनसे ममता त्याग कर निश्चिन्त होकर युद्ध कर।

ये मे मतमिदं नित्य मनुतिष्ठन्ति मानवाः।

श्रद्धावन्तोऽनसूयन्तो मुच्यन्ते तेऽपि कर्मभिः ॥ 31 ॥

जो मनुष्य श्रद्धा रखते हुए और मेरे गुणों में किसी प्रकार का दोष न देखते हुए मेरे इस मत का नित्य प्रति पालन करते हैं, वे भी कर्मों के बन्धन से छूट जाते हैं।

येत्वेत दभ्यसूयन्तो नानुतिष्ठन्ति मे मतम्।
सर्वज्ञान-विमुढांस्तान्विद्धि नष्टानचेतसः॥ 32॥

परन्तु जो मेरे इस मत में दोष देखते हैं और इसका पालन नहीं करते हैं, समझले कि वे सब प्रकार के ज्ञान से रहित होने के कारण मूढ़ हैं और उनकी चेतना भी नष्ट हो गई है अर्थात् वे जीवित भी मरे बराबर हैं।

सद्दशं चेष्टते स्वस्याः प्रकृते र्ज्ञानवानपि।
प्रकृतिं यान्ति भूतानि निग्रहः किं करिष्यति॥ 33॥

ज्ञानी मनुष्य भी अपनी प्रकृति के अनुसार आचरण करता है, सभी प्राणी अपनी प्रकृति के अनुसार आचरण करते हैं, फिर बलपूर्वक इन्द्रियों की स्वाभाविक वृत्ति को मार डालने से क्या होगा?

इन्द्रियस्ये-न्द्रियस्यार्थे रागद्वेषौ व्यवस्थितौ।
तयोर्न वश मागच्छे त्तौ ह्यस्य परिपन्थिनौ॥ 34॥

इन्द्रियों को अपने-अपने विषयों के सम्बन्ध में राग - द्वेष रहता ही है। अर्थात् इन्द्रियां तो अपने विषयों का भोग करने के लिए मचलेंगी ही, लेकिन मनुष्य को उनके वश में नहीं होना चाहिए, क्योंकि इन्द्रियां और उनके विषय ये दोनों ही साधक के मार्ग की रुकावट हैं।

श्रेयान् स्वधर्मो विगुणः परधर्मात् स्वनुष्ठितात्।
स्वधर्मे निधनं श्रेयः परधर्मो भयावहः॥ 35॥

सब प्रकार की रीति - नीति से पूर्ण होने पर भी दूसरा धर्म उतना लाभकारी नहीं है, जितना कि गुणरहित होने पर भी अपना धर्म। अपने धर्म में मरना भी भला है, परन्तु पराया धर्म भयकारक

होता है। भाव यह कि स्व अर्थात् आत्मधर्म का पालन कर और पर अर्थात् आत्मा से इतर इन्द्रियों के धर्म से बचा रहे।

अर्जुन उवाच—

अथ केन प्रयुक्तोऽयं पापं चरति पूरुषः।
अनिच्छन्नपि वार्ष्णेय बलादिव नियोजितः॥ 36॥

अर्जुन ने कहा, हे वार्ष्णेय (श्रीकृष्ण), यदि ऐसा है तो फिर मनुष्य न चाहता हुआ भी किसकी प्रेरणा से पाप करता है, मानों बलपूर्वक उसे उस पाप कार्य में लगा दिया गया हो।

श्रीभगवानुवाच —

काम एष क्रोध एष रजोगुण-समुद्भवः।
महाशनो महापाप्मा विद्धयेन मिह वैरिणम्॥ 37॥

श्री भगवान् ने कहा, मनुष्य जिनकी प्रेरणा से पाप करता है, वह काम और क्रोध हैं। ये दोनों रजो गुण से उत्पन्न हुए हैं। ये सब कुछ खा जाते हैं और महापापी हैं। इस संसार में इन्हीं काम और क्रोध को शत्रु समझना चाहिए।

धूमेनाव्रियते वह्नि र्यथादर्शो मलेन च।
यथोल्बेनावृतो गर्भ-स्तथा तेनेदमावृतम्॥ 38॥

जैसे धुएं से आग ढक जाती है, मैल से दर्पण ढक जाता है और झिल्ली से गर्भ ढका रहता है, वैसे ही इस काम आदि से यह जीव समुदाय ढका हुआ है।

आवृतं ज्ञान मेतेन ज्ञानिनो नित्यवैरिणा।
कामरूपेण कौन्तेय दुष्पूरेणानलेन च॥ 39॥

हे कुन्ती के पुत्र, यह काम आग के समान है, जो कभी भी तृप्त नहीं होता और यह ज्ञानियों का सदा का वैरी है। इसी काम ने मनुष्य के ज्ञान को ढक रखा है।

इन्द्रियाणि मनोबुद्धि रस्याधिष्ठान मुच्यते।
एतै र्विमोहयत्येष ज्ञान मावृत्य देहिनम्॥ 40॥

इन्द्रियों को, मन और बुद्धि को इस काम का गढ़ कहते हैं। यह काम इन्द्रिय, मन और बुद्धि का सहारा लेकर ज्ञान को ढक लेता है और मनुष्य को भुलावे में डाल देता है।

तस्माच मिन्द्रिया ण्यादौ नियम्य भरतर्षभ।

पाप्मानं प्रजहि ह्येनं ज्ञानविज्ञान-नाशनम्॥ 41॥

इसलिए हे भरत श्रेष्ठ, तू शुरू से ही इन्द्रियों को अपने काबू में रखकर ज्ञान - विज्ञान के नाशकर्त्ता इस पापी काम को मार डाल।

इन्द्रियाणि पराण्याहु रिन्द्रियेभ्यः परं मनः।

मनसस्तु परा बुद्धिर्यो बुद्धेः परतस्तु सः॥ 42॥

कहते हैं कि इन्द्रियां बड़ी शक्तिशाली हैं और इन्द्रियों से भी शक्तिशाली मन है, मन से भी प्रबल बुद्धि है। लेकिन सच तो यह है कि काम बुद्धि से भी अधिक शक्तिशाली है।

एवं बुद्धेः परं बुद्ध्वा संस्तभ्यात्मानमात्मना।

जहि शत्रुं महाबाहो कामरूपं दुरासदम्॥ 43॥

इसलिए हे अर्जुन, इस प्रकार बुद्धि से परे अर्थात् सूक्ष्म तथा सब प्रकार बलवान् और श्रेष्ठ अपने आत्मा को जानकर और बुद्धि के द्वारा मन को वश में करके अपनी शक्ति को पहचानकर कठिनाई से जीते जाने वाले इस काम रूप शत्रु को मार डाल।

इति श्रीमद्भगवद्गीतासूपनिषत्सु ब्रह्मविद्यायां योगशास्त्रे

श्रीकृष्णार्जुनसंवादे कर्मयोगो नाम तृतीयोऽध्यायः॥

इस प्रकार श्री भगवान् के द्वारा कहे गये उपनिषद् में ब्रह्मविद्या के अंतर्गत कर्मयोग शास्त्र विषयक श्रीकृष्ण और अर्जुन के संवाद में कर्मयोग नामक, तीसरा अध्याय समाप्त हुआ।

चौथा अध्याय

(ज्ञानकर्मसंन्यासयोगः)

श्रीभगवानुवाच—

इमं विवस्वते योगं प्रोक्तवानहमव्ययम्।
विवस्वान्मनवे प्राह मनुरिक्ष्वाकवे ऽब्रवीत्॥ 1॥

श्री भगवान् ने कहा, यह अविनाशी योग मैंने सूर्य को बताया था, सूर्य ने (अपने पुत्र) मनु से कहा और मनु ने (अपने पुत्र) इक्ष्वाकु से कहा।

एवं परम्परा-प्राप्त मिमं राजर्षयो विदुः।
से कालेनेह महता योगो नष्टः परंतप॥ 2॥

इस प्रकार परम्परा से चले आते योग को राजर्षियों ने एक - दूसरे से समझा लेकिन हे परंतप (अर्जुन), कालक्रम से यह महान् योग प्रायः नष्ट ल हो गया।

स एवायं मया तेऽद्य योगः प्रोक्तः पुरातनः।
भक्तोऽसि मे सखा चेति रहस्यं ह्येत-दुत्तमम्॥ 3॥

क्योंकि तू मेरा भक्त और सखा है, इसलिए आज उसी पुराने योग के बारे में मैंने तुझको इतना कुछ बताया है। (स्मरण रख) यह योग श्रेष्ठ तो सब रहस्यों में रहस्यपूर्ण भी है।

अर्जुन उवाच —

अपरं भवतो जन्म परं जन्म विवस्वतः ॥

कथमेत द्विजानीयां त्वमादौ प्रोक्तवानिति ॥ 4 ॥

अर्जुन ने कहा, सूर्य का जन्म तो बहुत पहले का है, जबकि आपका जन्म उसके बहुत बाद हुआ, ऐसी दशा में मैं यह कैसे मान लूं कि इस योग के बारे में आपने पहले कभी उसे बताया होगा!

श्रीभगवानुवाच—

बहूनि मे व्यतीतानि जन्मानि तव चार्जुन।

तान्यहं वेद सर्वाणि न त्वं वेत्थ परंतप ॥ 5 ॥

श्री भगवान् बोले, हे अर्जुन, मेरे और तेरे अनेक जन्म हो चुके हैं। अन्तर केवल इतना ही है कि मैं उन जन्मों के बारे में जानता हूं जबकि तू नहीं जानता।

अजोऽपि सन्नव्ययात्मा भूताना मीश्वरोऽपि सन्।

प्रकृतिं स्वामधिष्ठाय संभवा म्यात्ममायया ॥ 6 ॥

यद्यपि मैं अजन्मा, अविनाशी और सब प्राणियों का स्वामी हूं तथा मेरे आत्मस्वरूप में कभी भी विकार नहीं होता, फिर भी अपनी ही प्रकृति में अधिष्ठित होकर मैं अपनी माया से जन्म लिया करता हूं।

यदा यदा हि धर्मस्य ग्लानि र्भवति भारत।

अग्युत्थान मधर्मस्य तदात्मानं सृजाम्यहम् ॥ 7 ॥

हे भारत! जब - जब धर्म का क्षय होने लगता है और अधर्म तेज़ी से फैलने लगता है तब - तब मैं स्वयं ही जन्म लिया करता हूं।

परित्राणाय साधूनां विनाशाय च दुष्कृताम्।

धर्म-संस्थापनार्थाय संभवामि युगे युगे ॥ 8 ॥

सज्जनों की रक्षा के लिए और दुष्टों का विनाश करने के लिए, युग - युग में धर्म की स्थापना के लिए मैं जन्म लिया करता हूं।

जन्म कर्म च मे दिव्यमेवं यो वेत्ति तत्त्वतः।
त्यक्त्वा देहं पुनर्जन्म नैति मामेति सोऽर्जुन ॥ 9 ॥

हे अर्जुन, इस प्रकार के मेरे दिव्य जन्म और दिव्य कर्म के तत्त्व को जो जानता है, वह देह त्यागने के बाद फिर जन्म नहीं लेता और मुझमें आप मिलता है।

वीत-राग-भय-क्रोधा मन्मया मामुपाश्रिताः।
बहवो ज्ञानतपसा पूता मद्भाव मागताः ॥10 ॥

आसक्ति, भय और क्रोध से मुक्त होकर, मुझमें लीन होकर और मेरी शरण में आकर ज्ञान की तपस्या द्वारा पवित्र हुए बहुत से लोगों ने मेरे इस भाव को पा लिया है अर्थात् जो कुछ मैं हूं, वे भी वही बन गए हैं।

ये यथा मां प्रपद्यन्ते तांस्तथैव भजाम्यहम्।
मम वर्त्मानुवर्तन्ते मनुष्याः पार्थ सर्वशः ॥11 ॥

हे पार्थ, जो लोग जिस भाव से मेरे पास आते हैं, मैं उसी भाव से उनसे मिलता हूं। (कहने का मतलब यह कि) चाहे जिस दृष्टि से भी हो लोग मेरा ही अनुगमन करते हैं।

कांक्षन्तः कर्मणां सिद्धिं यजन्त इह देवताः।
क्षिप्रं हि मानुषे लोके सिद्धि र्भवति कर्मजा ॥12 ॥

कर्मफल की इच्छा करने वाले लोग इस लोक में देवताओं की पूजा इसलिए किया करते हैं कि ये कर्मफल इसी लोक में शीघ्र मिल जाते हैं।

चातुर्वर्ण्यं मया सृष्टं गुण-कर्म-विभागशः।
तस्य कर्तारमपि मां विद्ध्यकर्तार मव्ययम् ॥13 ॥

गुण और कर्म के हिसाब से चार वर्षों की रचना मैंने ही की है। इस प्रकार। कर्ता होने पर भी तू यह समझ ले कि न तो मैं कोई कर्म करता हूं, और न ही उसका मुझमें कोई परिवर्तन होता है।

न मां कर्माणि लिम्पन्ति न मे कर्मफले स्पृहा।
इति मां योऽभिजानाति कर्मभिर्न स बध्यते ॥ 14 ॥

न तो मुझे कर्म बाधा पहुंचाते हैं, न ही किसी कर्म के फल में मेरी कोई इच्छा काम कर रही होती है, जो मेरे इस रूप को जानता है, वह कर्मों के बन्धन में नहीं बंधता। वह उनसे मुक्त हो जाता है।

एवं ज्ञात्वा कृतं कर्म पूर्वैरपि मुमुक्षुभिः।
कुरु कर्मैव तस्मात्त्वं पूर्वैः पूर्वतरं कृतम् ॥ 15 ॥

यह जानते हुए भी मोक्ष की कामना करने वाले पुराने समय के लोगों ने भी कर्म किया था। इसलिए पहले के लोगों ने जैसा किया था, वैसे ही तू भी कर्म कर

किं कर्म किमकर्मेति कवयोऽप्यत्र मोहिताः।
तत्ते कर्म प्रवक्ष्यामि यज्ज्ञात्वा मोक्ष्यसेऽशुभात् ॥ 16 ॥

क्या कर्म है और क्या अकर्म? इस बारे में तो बड़े - बड़े ज्ञानी भी चकरा जाते हैं। इसलिए मैं तुझे बताऊंगा कि कर्म क्या है! उसे जान लेने पर तू अशुभ बातों से मुक्त हो जाएगा।

कर्मणो ह्यपि बोद्धव्यं बोद्धव्यं च विकर्मणः।
अकर्मणश्च बोद्धव्यं गहना कर्मणो गतिः ॥ 17 ॥

कर्म की गति बहुत गहन है, उसे समझना सरल काम नहीं है, इसलिए (तुझे) यह जान लेना चाहिए कि कर्म क्या है, विपरीत कर्म क्या है और अकर्म (अर्थात् काम न करना) क्या है!

कर्मण्यकर्म यः पश्येदकर्मणि च कर्म यः।
स बुद्धिमान् मनुष्येषु स युक्तः कृत्स्नकर्मकृत् ॥ 18 ॥

जो मनुष्य कर्म में अकर्म और अकर्म में कर्म देखता है, वह पुरुष सब मनुष्यों में ज्ञानी है, वही योग युक्त है और समस्त कर्मों को करने वाला है।

यस्य सर्वे समारम्भाः कामसङ्कल्प-वर्जिताः ।
ज्ञानाग्नि-दग्धकर्माणं तमाहुः पण्डित बुधाः ॥ 19 ॥

ज्ञानी लोग उसी को पंडित कहते हैं, जिसके सभी कर्म कामना और संकल्प से रहित हैं और जिसके कर्म ज्ञान की अग्नि में भस्म हो चुके है।

त्यक्त्वा कर्मफलासङ्गं नित्यतृप्तो निराश्रयः ।
कर्मण्यभि-प्रवृत्तोऽपि नैव किञ्चित् करोति सः ॥ 20 ॥

कर्मफल की आसक्ति छोड़कर जो सदा संतुष्ट रहता है और जो अमुक कार्य की सिद्धि के लिए अमुक कर्म का सहारा भी नहीं लेता है, समझो कि ऐसा पुरुष कर्म में भली प्रकार लगे रहने पर भी कुछ नहीं कर रहा होता। वह कर्म के बंधन से मुक्त ही रहता है।

निराशी र्यतचित्तात्मा त्यक्त-सर्व-परिग्रहः ।
शारीरं केवलं कर्म कुर्व न्नाप्नोति किल्बिषम् ॥ 21 ॥

जो व्यक्ति फल की कामना छोड़ने वाला है, चित्त को वश में रखता और मुक्तात्मा है तथा जो सब प्रकार की सम्पदाओं को त्यागकर केवल शरीर द्वारा ही कर्म करता है, उसे कोई दोष नहीं लगता।

यदृच्छा-लाभ-संतुष्टो द्वन्द्वातीतो विमत्सरः ।
समः सिद्धावसिद्धौ च कृत्वापि न निबध्यते ॥ 22 ॥

जो जैसा भी कुछ लाभ मिल जाय उतने से ही संतुष्ट रहता है, जो सुख - दुः ख, हानि - लाभ, राग-द्वेष आदि द्वन्द्वों से अलग है, जो ईर्ष्या से मुक्त है, जो सफलता और असफलता में एक समान रहता है, वह कर्म करता हुआ भी उसके बन्धन में नहीं पड़ता।

गतसङ्गस्य मुक्तस्य ज्ञानावस्थित-चेतसः ।
यज्ञायाचरतः कर्म समग्रं प्रविलीयते ॥ 23 ॥

जिस मनुष्य की सब आसक्तियां समाप्त हो गई हैं, जो मुक्त हो चुका है, जिसकी चेतना दृढ़ता पूर्वक ज्ञान में स्थित हो गई है, जो कर्म को यज्ञ समझकर करता है, उसके सारे कर्म पूर्ण रूप से विलीन हो जाते हैं।

ब्रह्मर्पणं ब्रह्म हवि र्ब्रह्माग्नौ ब्रह्मणा हुतम्।
ब्रह्मैव तेन गन्तव्यं ब्रह्मकर्म-समाधिना ॥ 24 ॥

ऐसे व्यक्ति के लिए अर्पित करने का कार्य भी ब्रह्म है, अर्पित की जाने वाली वस्तु भी ब्रहम द्वारा ब्रह्माग्नि में ही अर्पित की जा रही है। इस प्रकार जो मनुष्य अपने कार्यों में ब्रह्म का अनुभव करता है, वह ब्रह्म को ही प्राप्त करता है।

दैवमेवापरे यज्ञं योगिनः पर्युपासते।
ब्रह्माग्नावपरे यज्ञं यज्ञेनैवोपजुह्वति ॥ 25 ॥

कोई - कोई योगी (ब्रह्मबुद्धि के बदले) देवता आदि के उद्देश्य से यज्ञ किया करते हैं, और कोई ब्रह्म की अग्नि में यज्ञ से ही यज्ञ का हवन करते हैं।

श्रोत्रादीनीन्द्रियाण्यन्ये संयमाग्निषु जुह्वति।
शब्दादीन्विषयानन्य इन्द्रियाग्निषु जुह्वति ॥ 26 ॥

कुछ लोग कान, आंख आदि इन्द्रियों की संयम की अग्नि में आहुति दे देते हैं, कुछ दूसरे लोग शब्द इत्यादि इन्द्रियों के विषयों की आहुति इन्द्रियों की आग में देते हैं।

सर्वाणीन्द्रिय-कर्माणि प्राणकर्माणि चापरे।
आत्मसंयमयोगाग्नौ जुह्वति ज्ञानदीपिते ॥ 27 ॥

और कुछ लोग इन्द्रियों तथा प्राणों के सब कर्मों अर्थात् व्यापारों को ज्ञान द्वारा जलाई गई आत्मसंयम रूपी योग की अग्नि में जला डालते हैं।

द्रव्ययज्ञा स्तपोयज्ञा योगयज्ञा स्तथापरे।
स्वाध्याय-ज्ञानयज्ञाश्च यतयः संशितव्रताः ॥ 28 ॥

इसी प्रकार कुछ संयमी पुरुष द्रव्यरूप, कोई तपरूप, कोई योगरूप, कोई, स्वाध्याय रूप और कोई ज्ञानरूप यज्ञ किया करते हैं।

अपाने जुह्वति प्राणं प्राणेऽपानं तथापरे।

प्राणापानगती रुद्ध्वा प्राणायाम-परायणाः ॥ 29 ॥

कुछ दूसरे लोग प्राणायाम में लगे रहते हैं, वे प्राण और अपान के मार्ग को रोककर अपान में प्राण की और प्राण में अपान की आहुति देते हैं।

अपरे नियताहाराः प्राणान् प्राणेषु जुह्वति।

सर्वेऽप्येते यज्ञविदो यज्ञक्षपित-कल्मषाः ॥ 30 ॥

कुछ दूसरे हैं, जो अपने आहार को नियमित करके प्राणों की प्राणों में आहुति देते हैं। ये सब यज्ञ के ज्ञाता हैं और यज्ञ द्वारा ही इनके पाप नष्ट हो जाते हैं।

यज्ञशिष्टामृतभुजो यान्ति ब्रह्म सनातनम्।

नायं लोकोऽस्त्ययज्ञस्य कुतोऽन्यः कुरुसत्तम ॥ 31 ॥

जो लोग यज्ञ के बाद बचे हुए अमृत रूप पदार्थ को खाते हैं, वे सनातन ब्रह्म को प्राप्त करते हैं। हे कुरुओं में श्रेष्ठ, यज्ञ न करने वाले व्यक्ति को जब इसी लोक में कोई सफलता नहीं मिलती तो परलोक में क्या मिलेगी?

एवं बहुविधा यज्ञा वितता ब्रह्मणो मुखे।

कर्मजान्विद्धि तान् सर्वानेवं ज्ञात्वा विमोक्ष्यसे ॥ 32 ॥

इस प्रकार ब्रह्म के मुख में अनेक प्रकार के यज्ञ सम्पन्न होते है अर्थात् ब्रह्म तक ले जाने वाले हैं। तू उन सब यज्ञों को कर्म से उत्पन्न हुआ समझ। जब तू यह जान लेगा तो तुझे मोक्ष की प्राप्ति हो जाएगी।

श्रेयान् द्रव्यमयाद्यज्ञा ज्ज्ञानयज्ञः परंतप।

सर्वं कर्माखिलं पार्थ ज्ञाने परिसमाप्यते ॥ 33 ॥

हे परंतप सांसारिक पदार्थों द्वारा किये जाने वाले यज्ञों की अपेक्षा ज्ञानमय यज्ञ अधिक लाभप्रद है। क्योंकि हे पार्थ, निस्सन्देह सारे कर्म ज्ञान में आकर समाप्त हो जाते हैं।

तद्विद्धि प्रणिपातेन परिप्रभेन सेवया।
उपदेक्ष्यन्ति ते ज्ञानं ज्ञानिन स्तत्त्वदर्शिनः ॥ 34 ॥

उस ज्ञान को तू तत्त्वदर्शी ज्ञानियों से सीख। जब तू तत्त्वदर्शीज्ञानियों को आदर पूर्वक प्रणाम करेगा, उनसे जिज्ञासा भाव से प्रश्न करेगा और उनकी सेवा करेगा तो वे तुझे उसका उपदेश करेंगे। अर्थात् ज्ञान - प्राप्ति के लिए केवल कुतर्क से कोई लाभ नहीं बल्कि नम्रता, जिज्ञासा और सेवा की ये आवश्यकता है।

यज्ज्ञात्वा न पुन र्मोह मेवं यास्यसि पाण्डव।
येन भूतान्यशेषेण द्रक्ष्य स्यात्मन्यथो मयि ॥ 35 ॥

हे अर्जुन, वह ऐसा ज्ञान है कि जिसको जानकर तू फिर इस प्रकार के मोह में नहीं पड़ेगा। इस ज्ञान का पता कर लेने पर तू सब प्राणियों को अपने या मेरे भीतर ही देखेगा। अपने - पराये का भेद मिट जाएगा और सब ब्रह्मरूप ही दीखेगा।

अपि चेदसि पापेभ्यः सर्वेभ्यः पापकृत्तभः।
सर्वं ज्ञान-प्लवेनैव वृजिनं संतरिष्यसि ॥ 36 ॥

चाहे तू सब पापियों से बढ़कर पाप करने वाला क्यों न हो, फिर भी तू इस ज्ञान की नौका के द्वारा समस्त पापों से पार उतर जायेगा।

यथैधांसि समिद्धोऽग्नि र्भस्मसात् कुरुतेऽर्जुन।
ज्ञानाग्निः सर्वकर्माणि भस्मसात् कुरुते तथा ॥ 37 ॥

हे अर्जुन, जैसे जलती हुई आग सारे इंधन को जलाकर राख कर डालती है, वैसे ही ज्ञान की अग्नि सभी कर्मों को भस्म कर देती है।

न हि ज्ञानेन सदृशं पवित्र मिह विद्यते।
तत्स्वयं योग-संसिद्धः कालेनात्मनि विन्दति ॥ 38 ॥

निश्चय ही इस संसार में ज्ञान के समान पवित्र वस्तु और कोई नहीं है। समय पाकर उस ज्ञान को वह पुरूष आप ही अपने में प्राप्त कर लेता है, जो योग द्वारा पूर्णता को प्राप्त कर चुका है।

श्रद्धावाँ-ल्लभते ज्ञानं तत्परः संयतेन्द्रियः।

ज्ञानं लब्ध्वा परां शान्ति मचिरेणाधिगच्छति ॥ 39 ॥

जो व्यक्ति श्रद्धावान् है, ज्ञान को प्राप्त करने के लिए उत्सुक है और जितेन्द्रिय है उसे ज्ञान प्राप्त होता है। फिर ज्ञान को पाकर वह परम् शान्ति प्राप्त करता है।

अज्ञश्चाश्रद्दधानश्च संशयात्मा विनश्यति।

नायं लोकोऽस्ति न परो न सुखं संशयात्मनः ॥ 40 ॥

परन्तु जो अज्ञान है, जिसमें श्रद्धा नहीं है और जिसके मन में संशय बसा है वह मनुष्य नष्ट हो जाता है, संशय पूर्ण मन वाले उस व्यक्ति के लिए न तो यह लोक ही किसी काम का है और न परलोक ही, उसे सुख भी नहीं मिल सकता।

योगसंन्यस्त-कर्माणं ज्ञानसंछिन्न-संशयम्।

आत्मवन्तं न कर्माणि निबन्धन्ति धनञ्जय ॥ 41 ॥

हे धनंजय (अर्जुन), जिसने योग के द्वारा सब कर्मों का त्याग कर दिया है, जिसने ज्ञान के द्वारा सब संशयों को नष्ट कर दिया है और जिसने अपनी आत्मा को भली प्रकार पहचान लिया है उसे कर्म नहीं बांधते। अर्थात् ऐसा व्यक्ति कर्मों को बन्धन नहीं मानता।

तस्मा-दज्ञान संभूतं हृत्स्थं ज्ञानासिनात्मनः।

छित्त्वैनं संशयं योग मातिष्ठोत्तिष्ठ भारत ॥ 42 ॥

इसलिए हे भारत, अज्ञान के कारण उत्पन्न अपने हृदय में बसे हुए सन्देह को तू ज्ञान की खड्ग से काट डाल। तू उठ खड़ा हो और कर्मयोग में जुट जा।

इति श्रीमद्भगवद्गीतासूपनिषत्सु ब्रह्मविद्यायां योगशास्त्रे
श्रीकृष्णार्जुनसंवादे ज्ञानकर्मसन्न्यासयोगो नाम।
चतुर्थोऽध्यायः ॥

इस प्रकार श्री भगवान् के गाये हुए उपनिषद् में ब्रह्मविद्या के अन्तर्गत योगशास्त्र विषयक श्री कृष्ण और अर्जुन के संवाद में ज्ञान - कर्म - संन्यासयोग नामक चौथा अध्याय समाप्त हुआ।

पांचवां अध्याय

(संन्यासयोगः)

अर्जुन उवाच—

सन्न्यासं कर्मणां कृष्ण पुनर्योगं च शंससि।
यच्छ्रेय एतयो रेकं तन्मे ब्रूहि सुनिश्चितम्॥ 1॥

अर्जुन ने कहा, हे श्री कृष्ण, कभी तो आप कर्मों से संन्यास लेने की अर्थात् ज्ञानयोग की बातें कहने लगते हैं और कभी फिर कर्मयोग की प्रशंसा करने लगते हैं, (इस प्रकार मेरी उलझन बढ़ती जा रही है) इसलिए इन दोनों में से जो भी एक मार्ग श्रेयस्कर हो, निश्चित करके उसी के बारे में मुझे बताइए।

श्रीभगवानुवाच

सन्न्यासः कर्मयोगश्च निःश्रेयसकरा-वुभौ।
तयोस्तु कर्मसन्न्यासात् कर्मयोगो विशिष्यते॥ 2॥

श्री भगवान बोले, कर्मों से संन्यास (ज्ञानयोग) और कर्मयोग दोनों ही कल्याणकारी हैं, फिर भी कर्मों से संन्यास (ज्ञानयोग) लेने की अपेक्षा कर्मयोग ही अधिक अच्छा है।

ज्ञेयः स नित्य-सन्न्यासी यो न द्वेष्टि न काङ्क्षति।
निर्द्वन्द्वो हि महाबाहो सुखं बन्धात् प्रमुच्यते॥ 3॥

हे महाबाहु (अर्जुन), जो न तो किसी से द्वेष करता है और न ही किसी चीज की इच्छ रखता है उस पुरुष को (कर्म करते हुए भी) नित्य संन्यासी समझना चाहिए। क्योंकि सब प्रकार के द्वन्द्वों से मुक्त होने के कारण वह आसानी से बन्धनों से छूट जाता है।

साङ्ख्ययोगौ पृथग्बालाः प्रवदन्ति न पण्डिताः।
एकम प्यास्थितः सम्य गुभयो र्विन्दते फलम्॥ 4॥

सांख्य (ज्ञान योग) और योग (कर्मयोग) को जो अलग - अलग बताते हैं, वे मूर्ख हैं। विद्वान इन दोनों में कोई भेद नहीं करते। किसी भी एक मार्ग पर भली प्रकार से चलने पर दोनों का फल मिल जाता है।

यत्साङ्ख्यैः प्राप्यते स्थानं तद्योगैरपि गम्यते।
एकं साङ्ख्यं च योगं च यः पश्यति स पश्यति॥ 5॥

जिस मोक्ष स्थान को सांख्य योगी प्राप्त करते हैं, कर्मयोगी भी उसी मार्ग की (मोक्षमार्ग) ओर जाते हैं। अर्थात् ज्ञानयोगी और कर्मयोगी दोनों को ही मोक्ष मिलता है। इस प्रकार (मोक्ष प्राप्ति की दृष्टि से) ज्ञानयोग और कर्म योग दोनों एक ही हैं। जिसने इस बात को देख लिया अर्थात् जान लिया, समझो कि वास्तविक स्थिति को उसीने जाना है।

सन्न्यासस्तु महाबाहो दुःखमाप्तु मयोगतः।
योगयुक्तो मुनिर्ब्रह्म नचिरेणाधिगच्छति॥ 6॥

परन्तु हे महाबाहो, कर्मयोग के बिना संन्यास (ज्ञानयोग) को पा लेना बहुत ही कष्टकर यानी कठिन बात है। जो मुनि कर्मयोग में निष्ठा के साथ लगा हुआ है, वह शीघ्र ही ब्रह्म को पा लेता है।

योगयुक्तो विशुद्धात्मा विजितात्मा जितेन्द्रियः।
सर्वभूतात्मभूतात्मा कुर्वन्नपि न लिप्यते॥ 7॥

जो व्यक्ति कर्मयोगी बन गया है, जिसका अन्तः करण शुद्ध हो गया है, जिसने अपने आपको और इन्द्रियों को जीत लिया है तथा सब

प्राणियों को जो आत्मवत् मानने लगा है, वह सब कर्म करता हुआ भी कर्मफल से मुक्त रहता है।

नैव किञ्चित् करोमीति युक्तो मन्येत तत्त्ववित्।
पश्यञ्शृण्वन् स्पृशञ्जिघ्र प्रश्नगच्छन् स्वपञ्श्वसन्॥ 8॥

जो मनुष्य ब्रह्म में एकाकार हो गया है, और जो तत्त्व को जानता है, वह देखता हुआ, सुनता हुआ, छूता हुआ, सूंघता हुआ, चखता हुआ, चलता हुआ, और सांस लेता हुआ भी यही समझता है कि मैं कुछ भी नहीं कर रहा।

प्रलपन्विसृजन् गृह्णन्नुन्मिष न्निमिषन्नपि।
इन्द्रियाणीन्द्रियार्थेषु वर्तन्त इति धारयन्॥ 9॥

बोलते हुए, त्यागते हुए, ग्रहण करते हुए, आंखें खोलते हुए और बन्द करते हुए वह यह समझता है कि इन्द्रियां ही इन्द्रियों के विषय में लगी हुई हैं।

ब्रह्मण्याधाय कर्माणि सङ्गं त्यक्त्वा करोति यः
लिप्यते न स पापेन पद्मपत्र मिवाम्भसा॥ 10॥

जो मनुष्य कर्मों को ब्रह्म को समर्पित करके और आसक्ति को त्यागकर कर्म करता है, उसे पाप उसी प्रकार नहीं छू पाता, जैसे कमल का पत्ता पानी से अछूता रहता है।

कायेन मनसा बुद्ध्या केवलै रिन्द्रियैरपि।
योगिनः कर्म कुर्वन्ति सङ्गं त्यक्त्वात्मशुद्धये॥ 11॥

कर्मयोगी आसक्ति को त्याग कर आत्मशुद्धि के लिए ही केवल शरीर मन, बुद्धि या केवल इन्द्रियों द्वारा ही कर्म करते हैं।

युक्तः कर्मफलं त्यक्त्वा शान्ति माभोति नैष्ठिकीम्।
अयुक्तः कामकारेण फले सक्तो निबध्यते॥ 12॥

योग में लगा हुआ निष्ठावान् पुरुष कर्मफल की आसक्ति को त्याग कर स्थिर शांति को प्राप्त करता है, परन्तु जो योग - युक्त नहीं हैं वे इच्छा प्रेरित

होकर कर्म करते हैं और कर्मफल में आसक्त होने के कारण बन्धन में पड़े रहते हैं।

सर्वकर्माणि मनसा सन्न्यस्यास्ते सुखं वशी।
नवद्वारे पुरे देही नैव कुर्वन्न कारयन्॥ 13॥

जिस देहधारी आत्मा ने मन से सब कर्मों का त्याग करके अपनी प्रकृति को वश में कर लिया है, समझलो कि न तो वह कोई कर्म करता है और न कोई कर्म करवाता है और इस प्रकार नौ द्वार (इन्द्रियां) वाले नगर में सुख से निवास करता है।

न कर्तृत्वं न कर्माणि लोकस्य सृजति प्रभुः।
न कर्मफल-संयोगं स्वभावस्तु प्रवर्तते॥ 14॥

प्रभु अर्थात् प्रकृति (आत्मा) न तो व्यक्ति को कर्ता बनाती है, न वह उनके कर्म करती है, न वह कर्मों का उनके फल के साथ संयोग करती है। यह सब तो प्रकृति का स्वभाव ही है, जिससे यह सारा कार्य - व्यापार होता रहता है। अर्थात् आत्मज्ञानी अहंकार नहीं करता, वह प्रत्येक कर्म में प्रकृति को ही महत्त्व देता है।

नादत्ते कस्यचित् पापं न चैव सुकृतं विभुः।
अज्ञानेनावृतं ज्ञानं तेन मुह्यन्ति जन्तवः॥ 15॥

यह विभु (आत्मा) न तो किसीका पाप ग्रहण करता है, और न ही किसी का पुण्य। सच तो यह है कि अज्ञान ने ज्ञान को सब ओर से ढक रखा है, है इसीलिए प्राणी मोह में (भ्रम में) पड़ जाते हैं।

ज्ञानेन तु तदज्ञानं येषां नाशित मात्मनः।
तेषा मादित्यव ज्ज्ञानं प्रकाशयति तत्परम्॥ 16॥

लेकिन जिन लोगों का अज्ञान आत्मज्ञान के द्वारा नष्ट किया जा चुका है, उनका वह ज्ञान सूर्य की भांति हैं, जो सब वस्तुओं को प्रकाशित कर देता है।

तद्बुद्ध्य स्तदात्मान स्तन्निष्ठा स्तत्परायणाः।
गच्छन्त्यपुन रावृत्तिं ज्ञाननिर्धूत कल्मषाः ॥ 17 ॥

ज्ञान द्वारा जो निष्पाप हो गये हैं, वे परमात्मतत्त्व का विचार करते हुए, अपनी समस्त चेतना को उसीकी ओर प्रेरित करते हुए, उसे अपना पूर्ण लक्ष्य बनाते हुए, उसे अपनी भक्ति का केन्द्र बनाते हुए वे उस दशा तक पहुंच जाते हैं, जहां से वापिस लौटना नहीं होता है। ज्ञानी मुक्तात्मा हो जाता है।

विद्या-विनय-संपन्ने ब्राह्मणे गवि हस्तिनि।
शुनि चैव श्वपाके च पण्डिताः समदर्शिनः ॥ 18 ॥

इस प्रकार के मुक्तात्मा ज्ञानी लोग ही पंडित हैं और वे पढे - लिखे विनम्र ब्राह्मण को, गाय और हाथी को, कुत्ते और चांडाल को समान दृष्टि से देखते हैं। किसी को ऊंचा - नीचा या घृणा - आदर का पात्र नहीं मानते, बल्कि सबके साथ एक जैसा व्यवहार करते हैं।

इहैव तैर्जितः सर्गे येषां साम्ये स्थितं मनः।
निर्दोषं हि समं ब्रह्म तस्माद्ब्रह्मणि ते स्थिताः ॥ 19 ॥

जिनका मन समतावाला हो गया है, समझलो कि उन्होंने यहीं इस सारे संसार को जीत लिया है। ब्रह्म क्योंकि निर्दोष और समता वाला है, अतः ब्रह्म का ध्यान करने वाला भी समदर्शी है।

न प्रहृष्येत्प्रियं प्राप्य नोद्विजेत् प्राप्य चाप्रियम्।
स्थिरबुद्धि रसंमूढो ब्रह्मविद्ब्रह्मणि स्थितः ॥ 20 ॥

जो प्रिय वस्तु को पाकर प्रसन्न नहीं हो जाता है और अप्रिय को पाकर। खिन्न नहीं होता है, इस प्रकार जिसकी बुद्धि स्थिर है और जो किसी प्रकार के मोह में नहीं फंसता है, उसे ही ब्रह्मज्ञानी और ब्रह्म में स्थित हुआ समझो।

बाह्य-स्पर्शेष्वसक्तात्मा विन्दत्यात्मनि यत्सुखम्।
स ब्रह्मयोग युक्तात्मा सुखमक्षय्यमश्नुते ॥ 21 ॥

जिस व्यक्ति का मन बाहरी पदार्थों अर्थात् विषय भोगों में आसक्त नहीं है, उसे ही आत्मसुख मिलता है और उसी ब्रह्मयोग में लगे व्यक्ति को अक्षय सुख प्राप्त होता है।

ये हि संस्पर्शजा भोगा दुःखयोनय एव ते।
आद्यन्तवन्तः कौन्तेय न तेषु रमते बुधः ॥ 22 ॥

हे कौन्तेय, बाहरी पदार्थों के संयोग से ही उत्पन्न होने वाले योगों का आदि और अन्त है और इसीलिए वे दुः ख का कारण हैं। जो बुद्धिमान लोग हैं, वे इनमें नहीं रमा करते।

शक्नोतीहैव यः सोढुं प्राक्शरीर-विमोक्षणात्।
कामक्रोधोद्भवं वेगं स युक्तः स सुखी नरः ॥ 23 ॥

शरीर मुक्ति अर्थात् मरण से पहले जिस मनुष्य ने काम - क्रोध आदि से उत्पन्न होने वाले आवेगों पर काबू पा लिया है वही व्यक्ति योगी है और वही सच्चा सुखी भी है।

योऽन्तःसुखोऽन्तराराम स्तथान्त ज्योंतिरेव यः।
स योगी ब्रह्मनिर्वाणं ब्रह्मभूतोऽधिगच्छति ॥ 24 ॥

इस प्रकार (बाहरी सुख-दुःखों की चाह न कर) जो अन्तःकरण में सुख का अनुभव करें, जो अन्तरात्मा में आनन्द का अनुभव करने लगे और इसी तरह जिसे अन्तर - ज्योति प्राप्त हो जाए वही कर्मयोगी है और वही ब्रह्मरूप हो जाता है। उसे ब्रह्मनिर्वाण (ब्रह्म में मिल जाने का आनंद) प्राप्त हो जाता है।

लभन्ते ब्रह्मनिर्वाण मृषयः क्षीण-कल्मषाः।
छिनद्वैधा यतात्मानः सर्वभूतहिते रताः ॥ 25 ॥

जिन ऋषियों की द्वन्द्व बुद्धि छूट गई है अर्थात् जिन्होंने इस बात को जान लिया है कि सब जगह एक ही परमात्मतत्त्व विद्यमान् है, जिनके पाप नष्ट हो गये हैं और जो आत्म संयम द्वारा सब प्राणियों का भला करने में लगे हुए हैं, उन्हें ही ब्रह्मनिर्वाण मिलता है।

कामक्रोध वियुक्तानां यतीनां यतचेतसाम्।
अभितो ब्रह्मनिर्वाणं वर्तते विदितात्मनाम् ॥ 26 ॥

जो काम - क्रोध से अलग हैं, जिन्होंने अन्त: करण को अपने वश में कर लिया है, जिन्होंने आत्मा को जान लिया है ऐसे आत्मज्ञानी समदर्शी यती। पुरुषों को सब ओर से मोक्ष प्राप्त होता है।

स्पर्शान् कृत्वा बहि र्वाह्यां श्चक्षुश्चैवान्तरे भ्रुवोः।
प्राणापानौ समौ कृत्वा नासाभ्यन्तर-चारिणौ ॥ 27 ॥
यतेन्द्रिय मनो बुद्धि र्मुनि र्मोक्षपरायणः।
विगतेच्छा-भय-क्रोधो यः सदा मुक्त एव सः ॥ 28 ॥

जिसने बाहरी पदार्थों के संयोग से अलग होकर, दोनों भौहों के बीच में दृष्टि को जमाकर, नाक में चलने वाले प्राण और अपान को सम करके इन्द्रिय, मन और बुद्धि का संयम कर लिया है तथा जिसने भय, इच्छा और क्रोध से छुटकारा पा लिया है वही मोक्ष - परायण मुनि है। समझो कि वह सदा मुक्त ही है।

भोक्तारं यज्ञ-तपसां सर्वलोक-महेश्वरम्।
सुहृदं सर्वभूतानां ज्ञात्वा मां शान्ति-मृच्छति ॥ 29 ॥

जो मुझको सब यज्ञों और तपों का भोक्ता, सब लोकों का सबसे बड़ा स्वामी तथा सब प्राणियों का मित्र मानता है, वही शक्ति पाता है।

इति श्रीमद्भगवद्गीतासूपनिषत्सु ब्रह्मविद्यायां योगशास्त्रे
श्रीकृष्णार्जुनसंवादे सन्न्यासयोगो नाम
पञ्चमोऽध्यायः ॥

इस प्रकार श्री भगवान् के गाये हुए उपनिषद् में ब्रह्मविद्या के अन्तर्गत कर्म योग शास्त्र विषयक श्री कृष्ण और अर्जुन के संवाद में कर्म संन्यास योग नामक पांचवां अध्याय समाप्त हुआ।

छठा अध्याय

(ध्यानयोगः)

श्रीभगवानुवाच—

अनाश्रितः कर्मफलं कार्यं कर्म करोति यः।

स सन्न्यासी च योगी च न निरग्निर्न चाक्रियः ॥ 1 ॥

जो मनुष्य कर्मफल की इच्छा न करता हुआ कर्तव्य कर्म करता है, वही संन्यासी (ज्ञानयोगी) और वही योगी (कर्मयोगी) है। अग्निहोत्र आदि कर्मों को छोड़ने अथवा निठल्ला बैठने वाला व्यक्ति संन्यासी अथवा योगी नहीं है।

यं सन्न्यास मिति प्राहु र्योगं तं विद्धि पाण्डव।

न ह्यसन्न्यस्त सङ्कल्पो योगी भवति कश्चन ॥ 2 ॥

हे पाण्डव, जिसे संन्यास (ज्ञानयोग) कहते हैं, तू उसी को कर्मयोग जान, क्योंकि संकल्पों का त्याग किये बिना कोई भी पुरुष योगी नहीं होता।

आरुरुक्षो र्मुने र्योगं कर्म कारण मुच्यते।

योगारूढस्य तस्यैव शमः कारण मुच्यते ॥ 3 ॥

कर्मयोग के मार्ग पर चलने की इच्छा रखने वाले मुनि के लिए कर्म को शम आदि का कारण अर्थात् साधन कहा गया है और वही जब योगारूढ़ हो।

जाता है तो उसके लिए शम आदि कर्म का कारण हो जाते हैं। भाव यह है कि साधक कर्म करके शांति पाता है और सिद्ध पुरुष शांतचित्त से कर्म करता है।

यदा हि नेन्द्रियार्थेषु न कर्म स्वनुषजते।
सर्व-सङ्कल्प-सन्न्यासी योगारूढ स्तदोच्यते ॥ 4 ॥

जब मनुष्य इन्द्रियों के विषयों में अथवा कर्मों में आसक्त नहीं होता और सारे संकल्पों का त्याग कर देता है तो उसे योगारूढ अर्थात् सिद्ध पुरुष कहते है।

उद्धरे दात्मनात्मानं नात्मान मवसादयेत्।
आत्मैव ह्यात्मनो बन्धु रात्मैव रिपु रात्मनः ॥ 5 ॥

मनुष्य को चाहिए कि वह अपना उद्धार आप ही करे। अपने आपको कभी भी गिरने न दे, क्योंकि प्रत्येक मनुष्य स्वयं ही अपना बन्धु है और स्वयं ही अपना शत्रु है। तात्पर्य यह कि प्रत्येक स्थिति में आत्मा का बलशाली होना ही श्रेयस्कर है।

बन्धुरात्मात्मन स्तस्य येनात्मै वात्मना जितः।
अनात्मनस्तु शत्रुत्वे वर्तेतात्मैव शत्रुवत् ॥ 6 ॥

जिसने अपने आपको जीत लिया है, वह स्वयं अपना बन्धु है, लेकिन जो अपने आपको नहीं पहचानता, वह स्वयं अपना शत्रु है। वास्तव में मन ही मनुष्य का मित्र है, मन ही शत्रु है। अत: मन को वश में रखना ही उचित है।

जितात्मनः प्रशान्तस्य परमात्मा समाहितः।
शीतोष्ण-सुखदुःखेषु तथा मानापमानयोः ॥ 7 ॥

जिसने अपने आपको जीत लिया है और जो भली प्रकार से शांत है, उसका आत्मा सरदी - गरमी, सुख - दुः ख और मान - अपमान में एक समान है बना रहता है।

ज्ञान-विज्ञान-तृप्तात्मा कूटस्थो विजितेन्द्रियः।
युक्त इत्युच्यते योगी सम-लोष्टाश्म-काञ्चनः ॥ 8 ॥

जिसका आत्मा ज्ञान - विज्ञान द्वारा सन्तुष्ट हो गया है, जो सर्वोच्च शिखर पर खड़ा हुआ है (जो परमात्मा के अत्यंत निकट है) और जिसने अपनी इन्द्रियों को जीत लिया है तथा जो मिट्टी, पत्थर और सोने को एक जैसा ही मानता है उसी कर्मयोगी पुरुष को युक्त अर्थात् सिद्धावस्था तक पहुंचा हुआ कहते हैं।

सुहृन्मित्रा र्युदासीन-मध्यस्थ-द्वेष्य-बन्धुषु।
साधुष्वपि च पापेषु समबुद्धि र्विशिष्यते ॥ 9 ॥

जो मनुष्य सुहृद, मित्र, उदासीन, मध्यस्थ, द्वेषी और बंधुओं में तथा साधुजनों और पापियों में समान बुद्धि रखता है, वह अत्यन्त श्रेष्ठ है।

योगी युञ्जीत सतत मात्मानं रहसि स्थितः।
एकाकी यतचित्तात्मा निराशी रपरिग्रहः ॥ 10 ॥

योगी को चाहिए कि वह चित्त और मन को वश में रखकर, एकान्त में अकेले बैठकर, सब इच्छाओं से मुक्त होकर तथा अपरिग्रही होकर (धन सम्पत्ति आदि की कामना न करते हुए) अपने आपको निरन्तर परमात्मा से युक्त करे।

शुचौ देशे प्रतिष्ठाप्य स्थिर मासन मात्मनः।
नात्युच्छिंत नातिनीचं चैलाजिन-कुशोत्तरम् ॥ 11 ॥

तत्रैकाग्रं मनः कृत्वा यत-चित्तेन्द्रिय-क्रियः।
उपविश्यासने युञ्ज्या द्योग मात्म-विशुद्धये ॥12 ॥

शुद्ध स्थान में न अत्यन्त ऊंचा, न बहुत नीचा अपना स्थिर आसन। बिछाकर उस पर वस्त्र, मृगछाला और कुशा एक के ऊपर एक बिछाकर उस (आसन) पर बैठकर, चित्त तथा इन्द्रियों के व्यापार को रोककर मन को एकाग्र करके आत्मशुद्धि के लिए योग - साधना करे।

समं काय-शिरो-ग्रीवं धारय न्नचलं स्थिरः।
संप्रेक्ष्य नासिकाग्रं स्वं दिशश्चानवलोकयन्॥ 13॥

प्रशान्तात्मा विगतभी र्ब्रह्मचारि-व्रते स्थितः।
मनः संयम्य मच्चित्तो युक्त आसीत मत्परः॥ 14॥

अपने शरीर, सिर और गर्दन को सीधी खड़ी रेखा में निश्चल करके स्थिर होता हुआ इधर - उधर न देखता हुआ, अपनी नाक की नोक पर दृष्टि जमाकर, निडर हो, शान्त अन्त: करण से ब्रह्मचर्य व्रत का पालन करता हुआ, मन पर संयम रखे, मुझमें ही चित्त लगाकर सावधान होकर मेरे आश्रित होकर बैठे।

युञ्जनेयं सदात्मान योगी नियत-मानसः।
शान्तिं निवाण-परमां मत्संस्था मधिगच्छति॥ 15॥

इस प्रकार सदा ही आत्मा को मुझमें जोड़ता हुआ, निश्चल मन वाला योगी, मुझमें स्थित निर्वाण की पराकाष्ठा रूप शांति प्राप्त करता है।

नात्यश्नतस्तु योगोऽस्तिं न चैकान्त मनश्नतः।
न चाति-स्वप्न-शीलस्य जाग्रतो नैव चार्जुन॥ 16॥

हे अर्जुन, याद रख; न तो बहुत अधिक खाने वाले का ही, न सर्वथा भोजन का त्याग करने वाले का और इसी प्रकार न बहुत सोने वाले का और न बहुत अधिक जागने वाले का ही योग सधता है। भाव यह है कि अधिक खाना या बिलकुल न खाना, बहुत सोना या बहुत जागना योग - साधना के विरोधी हैं। योगी को इन स्थितियों से बचना चाहिए।

युक्ताहार-विहारस्य युक्त-चेष्टस्य कर्मसु।
युक्त-स्वभावबोधस्य योगो भवति दुःखहा॥ 17॥

जिसका आहार - विहार नियमित है, जो अपने कामो में नपा - तुला व्यवहार रखता है और जो सोने - जागने में नियम का पालन करता है उस व्यक्ति के लिए यह योग दुःखों का नाश करने वाला है।

यदा चिनियतं चित्त मात्मन्येवावतिष्ठते।
निःस्पृहः सर्वकामेभ्यो युक्त इत्युच्यते तदा ॥ 18 ॥

जब संयत मन आत्मा में ही स्थिर हो जाता है और किसी भी तरह के उपभोग की इच्छा नहीं रहती, तब वह योग का अधिकारी कहा जाता है।

यथा दीपो निवातस्थो नेङ्गते सोपमा स्मृता।
योगिनो यत-चित्तस्य युञ्जतो योग मात्मनः ॥ 19 ॥

संयतचित्त योगी की तुलना वायुरहित स्थानों में रखे गये दीपक से की गई है। जिस प्रकार वायुरहित स्थान में रखा हुआ दीपक निश्चल होकर प्रकाश देता रहता है, वैसे ही संयत चित्त योगी का आत्मा, सभी बाहरी मनोवृत्तियों के निवृत्त हो जाने के कारण, निश्चल और ज्ञान के प्रकाश से युक्त हो जाता है।

यत्रोपरमते चित्तं निरुद्धं योग-सेवया।
यत्र चैवात्मनात्मानं पश्यन्नात्मनि तुष्यति ॥ 20 ॥

एकाग्रता के अभ्यास से वश में किया गया चित्त जिसमें पहुंचकर शांत हो जाता है, और जिसमें वह आत्मा के द्वारा आत्मा को देखता है तथा आत्मा में आनन्द प्राप्त करता है,

सुख मात्यन्तिकं यत्तद् बुद्धि-ग्राह्य मतीन्द्रियम्।
वेत्ति यत्र न चैवायं स्थित श्चलति तत्वतः ॥ 21 ॥

जिसमें वह बुद्धि द्वारा ग्रहण किये जाने वाले और इन्द्रियों की पहुंच से भी परे अनुभव किये जाने वाले परम आनन्द को प्राप्त करता है और जिसमें स्थित होकर वह आत्म - तत्त्व से कभी भी विचलित नहीं होता,

यं लब्ध्वा चापरं लाभं मन्यते नाधिकं ततः।
यस्मिन्स्थितो न दुःखेन गुरुणापि विचाल्यते ॥ 22 ॥

जिसे पाकर वह समझता है कि इससे बढकर लाभ दूसरा नहीं है और। जिसमें स्थित होने पर वह बड़े - से-बड़े दुः ख से भी विचलित नहीं किया जा सकता,

तं विद्याद्-दुःख-संयोगवियोगं योग-संज्ञितम् ।
स निश्चयेन योक्तव्यो योगोऽनिर्विण्ण-चेतसा ॥ 23 ॥

उस दुः खरहित स्थिति का नाम योग की स्थिति है। इस प्रकार के योग की साधना दृढसकंल्प के साथ प्रसन्नचित्त होकर करनी चाहिए।

सङ्कल्प-प्रभवान् कामांस्त्यक्त्वा सर्वा नशेषतः ।
मनसैवेन्द्रिय-ग्राम विनियम्य समन्ततः ॥ 24 ॥

संकल्प से उत्पन्न होने वाले सब भोगों को त्यागकर, मन के द्वारा इन्द्रियों को सब ओर से रोककर,

शनैः शनै रुपरमेद् बुद्धया धृति-गृहीतया ।
आत्म-संस्थं मनः कृत्वा न किञ्चिदपि चिन्तयेत् ॥ 25 ॥

धैर्य के साथ बुद्धि पूर्वक धीरे - धीरे शान्त होता जाय और मन को आत्मा में स्थित करके दुसरी कोई भी बात न सोचे।

यतो यतो निश्चरति मन अञ्चल मस्थिरम् ।
ततस्ततो नियम्यैत दात्मन्येव वशं नयेत् ॥ 26 ॥

चंचल और अस्थिर मन जिस - जिस ओर भी जाने लगे, वहां से हटाकर उसे वश में करे और फिर आत्मा में ही स्थित करे।

प्रशान्त-मनसं ह्येनं योगिनं सुखमुत्तमम् ।
उपैति शान्त-रजसं ब्रह्मभूत मकल्मषम् ॥ 27 ॥

जिसका मन शान्त है, जिसके रजोगुण शांत हो गये है, जो पाप रहित है और परमात्मा के साथ एक हो गया है, उस योगी को उत्तम सुख प्राप्त होता है। अर्थात् उसे आत्मस्वरूप की प्राप्ति हो जाती है।

युञ्जनेवं सदात्मानं योगी विगत-कल्मषः ।
सुखेन ब्रह्मसंस्पर्श मत्यन्तं सुख मश्नुते ॥ 28 ॥

इस रीति से निरन्तर योगाभ्यास करने वाला कर्मयोगी पापों से छूटकर ब्रह्म संयोग से प्राप्त होने वाले अत्यन्त सुख का आनन्द पूर्वक उपभोग करता है।

सर्वभूतस्थ मात्मानं सर्वभूतानि चात्मनि।
ईक्षते योग युक्तात्मा सर्वत्र समदर्शनः॥ 29॥

इस प्रकार जिसका आत्मा योगयुक्त हो गया है, वह सबको समान दृष्टि से देखने लगता है और उसे सदैव ऐसा जान पड़ने लगता है कि मैं सब प्राणियों में से हूं और सब प्राणी मुझमें हैं।

यो मां पश्यति सर्वत्र सर्वं च मयि पश्यति।
तस्याहं न प्रणश्यामि स च मे न प्रणश्यति॥ 30॥

जो मुझको सब स्थानों में और सबको मुझमें देखता है, उससे मैं कभी अलग नहीं होता और न वही कभी मुझसे दूर होता है।

सर्वभूतस्थितं यो मां भजंत्येकत्व मास्थितः।
सर्वथा वर्तमानोऽपि स योगी मयि वर्तते॥ 31॥

जो तल्लीन होकर, सब प्राणियों में रहने वाले मुझ परमेश्वर को भजता है वह कर्मयोगी सब प्रकार के कर्म करता हुआ भी मुझमें ही निवास करता है। अर्थात् अपने आत्मा में और सब भूतों में सदा मेरी उपस्थिति मानने वाला व्यक्ति ही योगी है।

आत्मौपम्येन सर्वत्र समं पश्यति योऽर्जुन।
सुखं वा यदि वा दुःखं स योगी परमो मतः॥ 32॥

हे अर्जुन, परम उत्कृष्ट योगी वही माना गया है जो अपने समान ही दूसरों को मानता है। जो सब में ही इस प्रकार की दृष्टि रखता है कि सुख हो या दुः ख मेरे ही समान दूसरों को भी होता है, वही श्रेष्ठयोगी है।

अर्जुन उवाच—

योऽयं योग स्त्वया प्रोक्तः साम्येन मधुसूदन।

एतस्याहं न पश्यामि चञ्चलत्वात् स्थितिं स्थिराम् ॥ 33 ॥

अर्जुन ने कहा, हे मधुसूदन, साम्यबुद्धि से प्राप्त होने वाला जो यह कर्म योग आपने मुझे बताया है, मन की चंचलता के कारण उसकी स्थिरता मुझे नहीं दिखाई देती।

चञ्चलं हि मनः कृष्ण प्रमाथि बलवद् दृढम्।

तस्याहं निग्रहं मन्ये वायोरिव सुदुष्करम् ॥ 34 ॥

क्योंकि हे कृष्ण! यह मन बड़ा ही चंचल, हठीला, बलवान् और दृढ़ है। जैसे वायु की गति को नहीं रोका जा सकता, वैसे ही मन की गति को रोकना मैं कठिन मानता हूं।

श्री भगवानुवाच—

असंशयं महाबाहो मनो दुर्निग्रहं चलम्।

अभ्यासेन तु कौन्तेय वैराग्येण च गृह्यते ॥ 35 ॥

श्री भगवान् बोले, हे अर्जुन, निस्सन्देह मन बड़ा चंचल है और इसको वश में करना भी कठिन है, फिर भी हे कौन्तेय, अभ्यास और वैराग्य भाव से इसे वश में किया जा सकता है।

असंयतात्मना योगो दुष्प्राप इति मे मतिः।

वश्यात्मना तु यतता शक्यो ऽवाप्तु मुपायतः ॥ 36 ॥

यह ठीक है कि जिसका अन्तःकरण वश में नहीं है उसको इस साम्ययोग का प्राप्त होना कठिन है, फिर भी मेरे मत में मन को वश में रखकर प्रयत्न करते रहने पर उचित उपायों द्वारा इसे प्राप्त किया जा सकता है।

अर्जुन उवाच—

अयतिः श्रद्धयोपेतो योगा च्चलित-मानसः।

अप्राप्य योग-संसिद्धिं कां गतिं कृष्ण गच्छति ॥ 37 ॥

अर्जुन ने कहा, हे कृष्ण, श्रद्धा तो हो, लेकिन पूरा प्रयत्न अथवा संयम न होने के कारण जिसका मन योग से विचलित हो जाय उसे योग की सिद्धि तो नहीं होती (यह तो आपने ठीक कहा), लेकिन यह तो बताएं कि ऐसे आदमी की क्या दशा होती है?

कच्चिन्नोभय-विभ्रष्ट श्छिान्नाभ्रमिव नश्यति।
अप्रतिष्ठो महाबाहो विमूढो ब्रह्मणः पथि॥ 38॥

हे महाबाहु (श्रीकृष्ण) , जो ब्रह्म के मार्ग में भटक गया है और योग में भी स्थित नहीं हो पाया है, वह छिन्न - भिन्न बादलों की भांति दोनों ओर से भष्ट होकर नष्ट तो नहीं हो जाता?

एतन्मे संशयं कृष्ण छेत्तु मर्हस्यशेषतः।
त्वदन्यः संशयस्यास्य छेत्ता न ह्युपपद्यते॥ 39॥

हे श्रीकृष्ण, मेरे इस संशय को पूरी तौर पर काटने योग्य आप ही हैं। आपके सिवाय इस संशय को काटने वाला दूसरा व्यक्ति मिल ही नहीं सकता।

श्री भगवानुवाच —

पार्थ नैवेह नामुत्र विनाश स्तस्य विद्यते।
न हि कल्याणकृत् कश्चिद्-दुर्गतिं तात गच्छति॥ 40॥

श्री भगवान ने कहा, हे पार्थ (अर्जुन) ,क्या इस लोक में और क्या परलोक में ऐसे पुरुष का कभी नाश नहीं होता। क्योंकि हे तात, कल्याणकारी कर्म करने वाले किसी भी पुरूष की दुर्गति नहीं होती।

प्राप्य पुण्यकृतां लोका नुषित्वा शाश्वतीः समाः।
शुचीनां श्रीमतां गेहे योगभ्रष्टोऽभिजायते॥ 41॥

योग के मार्ग से भष्ट हो जाने वाला पुरुष पुण्यात्मा पुरुषों को प्राप्त होने वाले लोकों को पाता है, फिर वहां बहुत वर्षों तक निवास करके पवित्रात्मा श्रीमान् लोगों के घर में जन्म लेता है।

अथवा योगिनामेव कुले भवति धीमताम्।
एतद्धि दुर्लभतरं लोके जन्म यदीदृशम्॥ 42॥

या बुद्धिमान् कर्मयोगियों के कुल में जन्म लेता है। इस प्रकार का जन्म इस लोक में बहुत ही दुर्लभ है।

तत्र तं बुद्धि-संयोगं लभते पौर्व-देहिकम्।
यतते च ततो भूयः संसिद्धौ कुरुनन्दन॥ 43॥

इस प्रकार प्राप्त हुए जन्म में वह पूर्व जन्म के बुद्धि - संस्कार को पाता है और हे कुरुनन्दन, यहां से फिर अधिकाधिक योगसिद्धि पाने का प्रयत्न करता है।

पूर्वाभ्यासे न तेनैव ह्रियते ह्यवशोऽपि सः।
जिज्ञासुरपि योगस्य शब्दब्रह्मातिवर्तते॥ 44॥

अपने पूर्वजन्म के अभ्यास के कारण वह बलपूर्वक पूर्ण सिद्धि की ओर बढ़ता जाता है। (केवल वही नहीं) योगजिज्ञासु भी शब्द ब्रह्म के परे चला जाता है। भाव यह है कि उसकी वाणी मौन हो जाती है और वह आत्मानंद में लीन हो जाता है।

प्रयत्ना-द्यतमानस्तु योगी संशुद्ध-किल्बिषः।
अनेकजन्म-संसिद्ध स्ततो याति पराङ्गतिम्॥ 45॥

अनेक जन्मों के अभ्यास से सिद्धि प्राप्त करके और संपूर्ण पापों से शुद्ध होकर जो योगी जन्म लेता है, वही इस जन्म में प्रयत्न पूर्वक साधन करके फिर से परमगति पा लेता है।

तपस्विभ्योऽधिको योगी ज्ञानिभ्योऽपि मतोऽधिकः।
कर्मिभ्यश्चाधिको योगी तस्मा द्योगी-भवार्जुन॥ 46॥

हे अर्जुन, क्योंकि योगी तपस्वियों से श्रेष्ठ है, ज्ञानियों से भी श्रेष्ठ है और कर्म करने वालों से भी श्रेष्ठ है, इसलिए तू योगी ही बन।

योगिनामपि सर्वेषां मद्गतेनान्तरात्मना।

श्रद्धावान् भजते. यो मां स मे युक्त-तमो मतः ॥47॥

फिर भी सब कर्मयोगियों में भी मैं उसे हर समय उत्तम सिद्ध कर्मयोगी समझता हूं, जो मुझमें अन्तःकरण रखकर श्रद्धा से मुझे भजता है। अर्थात् भगवान् की भक्ति सबसे उत्तम योग है।

इति श्रीमद्भगवद्गीतासूपनिषत्सु ब्रह्मविद्यायां योगशास्त्रे
श्रीकृष्णार्जुनसंवादे ध्यानयोगो नाम
षष्ठोऽध्यायः॥

इस प्रकार श्री भगवान् के गाये हुए उपनिषद् में ब्रह्मविद्या के अन्तर्गत योगशास्त्र से सम्बन्धित श्री कृष्ण अर्जुन के संवाद में ध्यानयोग नामक छठा अध्याय समाप्त हुआ।

सातवां अध्याय

(ज्ञानविज्ञानयोगः)

श्री भगवानुवाच —

मय्यासक्त-मनाः पार्थ योगं युञ्जन् मदाश्रयः।

असंशयं समग्रं मां यथा ज्ञास्यसि तच्छृणु ॥ 1 ॥

श्री भगवान् ने कहा, हे पार्थ, मुझमें चित्त लगाकर और मेरा ही सहारा लेकर कर्मयोग का आचरण करते हुए तू जिस तरीके से मेरे बारे में पूर्ण और संशय रहित ज्ञान पा सकेगा, उसे सुन।

ज्ञानं तेऽहं सविज्ञान मिदं वक्ष्या म्यशेषतः।

यज्ज्ञात्वा नेह भूयोऽन्य ज्ज्ञातव्य मवशिष्यते ॥ 2 ॥

विज्ञान समेत यह पूरा ज्ञान मैं तुझे बताता हूं, जिसके जान लेने से इस लोक में कुछ भी जानने के लिए बाकी नहीं रह जाएगा।

मनुष्याणां सहस्रेषु कश्चि द्यतति सिद्धये।

यततामपि सिद्धानां कश्चिन्मां वेत्ति तत्त्वतः ॥ 3 ॥

हजारों मनुष्यों में कोई एक आध ही सिद्धि पाने का यत्न करता है। प्रयत्न करने वाले अनेक सिद्ध पुरुषों में से एक आध को ही मेरा सच्चा ज्ञान हो पाता है।

भूमि-रापोऽनलो वायुः खं मनो बुद्धिरेव च।
अहङ्कार इतीयं मे भिन्न प्रकृति रष्टधा ॥ 4 ॥

पृथ्वी, जल, अग्नि, वायु, आकाश, मन, बुद्धि और अहंकार यह आठ प्रकार की मेरी प्रकृति है। ये आठ मेरी प्रकृति के ही रूप हैं।

अपरेय मितस्त्वन्यां प्रकृति विद्धि मे पराम्।
जीव-भूतां महाबाहो ययेदं धार्यते जगत् ॥ 5 ॥

यह मेरी निम्न श्रेणी की (अपरा) प्रकृति है। हे महाबाहु अर्जुन, इससे भिन्न जगत् को धारण करने वाली जीवरूप मेरी दूसरी प्रकृति है, वह उच्चकोटि (परा) की है। तू उसके बारे में भी जान ले।

एतद्योनीनि भूतानि सर्वाणी त्युपधारय।
अहं कृत्स्नस्य जगतः प्रभवः प्रलय-स्तथा ॥ 6 ॥

समझले कि, मेरी इन्हीं प्रकृतियों से सब प्राणी उत्पन्न होते हैं। मैं ही इस सारे संसार का जनक हूं और मैं ही इसका अन्त हूं।

मत्तः परतरं नान्यत् किञ्चिदस्ति धनञ्जय।
मयि सर्वमिदं प्रोतं सूत्रे मणि-गणा इव ॥ 7 ॥

हे धनंजय, मुझसे श्रेष्ठ दूसरा कुछ भी नहीं है। जो कुछ भी इस संसार में है, वह सब मुझमें उसी प्रकार गुंथा हुआ है, जैसे धागे में पिरोई हुई मणियां।

रसोऽह मप्सु कौन्तेय प्रभास्मि शशि-सूर्ययोः।
प्रणवः सर्ववेदेषु शब्दः खे पौरुषं नृषु ॥ 8 ॥

हे कौन्तेय, जलों में रस (स्वाद रूप), चन्द्रमा और सूर्य में प्रकाश, सब वेदों में ओ३म्, आकाश में शब्द और पुरुषों में पौरुष मैं ही हूं।

पुण्यो गन्धः पृथिव्यां च तेज थास्मि विभावसौ
जीवनं सर्वभूतेषु तप यास्मि तपस्विषु ॥ 9 ॥

पृथ्वी में मैं विशुद्ध गंध हूं, अग्नि में तेज हूं, सब प्राणियों में मैं जीवन हूं और मैं तपस्वियों में तप हूं।

बीजं मां सर्व-भूतानां विद्धि पार्थ सनातनम्।
पुद्धि बुद्धिमता मस्मि तेज स्तेजस्विना महम्॥ 10॥

हे पार्थ, तू मुझे सब प्राणियों का सनातन बीज समझ। बुद्धिमानों की बुद्धि और तेजस्वियों का तेज मैं हूं।

बलं बलवता मस्मि काम-राग-विवर्जितम्।
धर्माविरुद्धो भूतेषु कामोऽस्मि भरतर्षभ॥ 11॥

हे भरतश्रेष्ठ, मैं काम और राग से रहित बलवानों का बल हूं, धर्म के अनुकूल प्राणियों में निवास करने वाली कामना मैं ही हूं। मनुष्यों के हृदयों में धर्म - सम्मत काम मैं ही हूं।

ये चैव सात्त्विका-भावा राजसा स्तामसाश्च ये।
मत्त एवेति तान्विद्धि न त्वहं तेषु ते मयि॥ 12॥

और जो भी ये सात्त्विक, राजसिक और तामसिक भाव हैं, वे मुझसे ही उत्पन्न हैं। लेकिन तु यह समझले कि मैं उनमें नहीं हूं, वे मुझमें हैं। तात्पर्य यह कि ये भाव मेरे वश में हैं, मैं इनके वश में नहीं हूं।

त्रिभि गुर्णमयै र्भावै रेभिः सर्व-मिदं जगत्।
मोहितं नाभिजानाति मामेभ्यः पर मव्यम्॥ 13॥

सत्त्व, रज, तम इन तीन गुणों में भटकने के कारण यह संसार मुझे नहीं पहचान पाता, मैं इन गुणों से परे हूं और सर्वथा अविनाशी हूं।

दैवी ह्येवा गुणमयी मम माया दुरत्यया।
मामेव ये प्रपद्यन्ते माया मेतां तरन्ति ते॥ 14॥

मेरी इस त्रिगुणात्मक दिव्य माया को जीतना बहुत कठिन है। लेकिन जो लोग मेरी शरण में आते हैं, वे इस माया को पार कर जाते हैं।

न मां दुष्कृतिनो मूढाः प्रपद्यन्ते नराधमाः।
माययापहृत-ज्ञाना आसुरं भाव माश्रिताः ॥ 15 ॥

जो मूर्ख हैं, बुरे काम करने वाले हैं, जो नीच लोग हैं। माया के कारण जिनकी बुद्धि भ्रष्ट हो गई है और जो राक्षसी स्वभाव वाले हैं, वे पापी मेरी शरण में नहीं आते।

चतु-विधा भजन्ते मां जनाः सुकृतिनोऽर्जुन।
आर्ते जिज्ञासु रर्थार्थी ज्ञानी च भरतर्षभ ॥ 16 ॥

हे भरतश्रेष्ठ, चार प्रकार के पुण्यात्मा लोग मेरी भक्ति किया करते हैं— आर्त (रोग - शोक आदि से पीड़ित), जिज्ञासु (ज्ञान प्राप्त करने की इच्छा रखने वाले) , अर्थार्थी (धन आदि की इच्छा रखने वाले) और ज्ञानी।

तेषां ज्ञानी नित्ययुक्त एकभक्ति-र्विशिष्यते।
प्रियो दि ज्ञानिनोऽत्यर्थ महं स च मम प्रियः ॥ 17 ॥

इनमें अनन्यभाव से मेरी भक्ति करने वाले और निष्काम बुद्धि से कार्य करने वाले ज्ञानी सर्वश्रेष्ठ। ज्ञानी को मैं अत्यन्त प्रिय हूं और ज्ञानी मुझे अत्यन्त प्रिय हैं।

उदाराः सर्व एवैते ज्ञानी वात्मैव मे मतम्।
आस्थितः स हि युक्तात्मा मामेवानुत्तमां गतिम् ॥ 18 ॥

यों तो ये सभी भले हैं, किन्तु मेरा मत है कि ज्ञानी तो मेरी आत्मा ही है, क्योंकि ज्ञानी पूरी तरह अपने आपको योग में लगाकर केवल मुझमें ही स्थित हो जाता है।

बहूनां जन्मना-मन्ते ज्ञानवान् मां प्रपद्यते !
वासुदेवः सर्वमिति स महत्मा सुदुर्लभः ॥ 19 ॥

अनेक जन्मों के बाद यह अनुभव हो जाने पर कि जो कुछ है, वह सब वासुदेव ही है' ज्ञानी पुरुष मुझे पा लेता है। ऐसा महात्मा मिलना बहुत कठिन है।

कामैस्तैस्तै र्हृतज्ञानाः प्रपद्यन्तेऽन्यदेवताः ।
तं ते नियम मास्थाय प्रकृत्या नियताः स्वया ॥ 20 ॥

लेकिन जिन लोगों के मन उनकी इच्छाओं के कारण बिगड़ गये हैं, वे अपने - अपने स्वभाव के कारण तरह - तरह के नियमों का पालन करते हुए दूसरे देवताओं की शरण में जाते हैं।

यो यो यां यां तनुं भक्तः श्रद्धयार्चितु मिच्छति ।
तस्य तस्याचलां श्रद्धां तामेव विदधा म्यहम् ॥ 21 ॥

जो-जो भक्त श्रद्धापूर्वक जिस - जिस रूप की पूजा करना चाहता है, मैं उस - उस रूप में उसकी श्रद्धा को अचल बना देता हूं।

स तया श्रद्धया युक्त स्तस्याराधन मीहते ।
लभते च ततः कामान् मयैव विहितान् हि तान् ॥ 22 ॥

वह भक्त उस श्रद्धा से युक्त होकर उस देवता रूप भगवान के शरीर की आराधना करता है, और उससे ही अपने मनचाहे फल प्राप्त करता है, जबकि असल में वे फल मैं ही देता हूं।

अन्तवनु फलं तेषां तद्भव त्यल्पमेधसाम् ।
देवान देवयजो यान्ति मद्भक्ता यान्ति मामपि ॥ 23 ॥

लेकिन इन थोड़ी बुद्धि वाले लोगों द्वारा प्राप्त किये जाने वाला फल स्थायी नहीं होता। देवताओं की पूजा करने वाले लोग देवताओं को प्राप्त होते हैं, लेकिन मेरा भक्त मेरे पास पहुंचता है।

अव्यक्तं व्यक्ति मापन्नं मन्यन्ते मामवुद्धयः ।
परं भाव मनानन्तो ममाव्यय मनुत्तमम् ॥ 24 ।

बुद्धिहीन लोग मेरे सर्वोत्तम, अविनाशी और उच्च स्वभाव को नहीं जानते और ऐसा समझते हैं कि पहले यह प्रकट नहीं था, अब प्रकट हुआ है।

नाहं प्रकाशः सर्वस्य योगमाया-सभावृतः ।
मुढोऽयं नाभिजानाति लोको मामज भव्ययम् ॥ 25 ।

योगमाया से ढका हुआ होने के कारण मैं, सबको प्रत्यक्ष रूप में दिखाई नहीं देता, इसलिए यह मूढ संसार यह नहीं जानता कि मैं अजन्मा और अविनाशी हूं।

वेदाहं समतीतानि वर्तमानानि चार्जुन।
भविष्याणि च भूतानि मां तु वेद न कश्चन ॥ 26 ॥

हे अर्जुन, मैं उन सब प्राणियों को जानता हूं जो पहले हो चुके हैं, जो आज मौजूद हैं और जो आगे जन्म लेंगे, लेकिन मुझे कोई नहीं जानता।

इच्छा-द्वेष-समुत्थेन द्वन्द्व-मोहेन भारत।
सर्वभूतानि संमोहं सर्गे यान्ति परंतप ॥ 27 ॥

(ऐसा इसलिए होता है) क्योंकि हे भारत, वे इच्छा और द्वेष से उपजने वाले द्वैतभाव के अधीन हो जाते हैं, फलतः हे परंतप (अर्जुन), वे भ्रम में फंस जाते हैं।

येषां त्वन्तगतं पापं जनानां पुण्य-कर्मणाम्।
ते द्वन्द्व-मोह-निर्मुक्ता भजन्ते मां दृढव्रताः ॥ 28 ॥

लेकिन जिन पुण्यकर्म करने वाले भक्तों का पाप नष्ट हो गया है, वे द्वैतभाव के भ्रमजाल से मुक्त होकर अपने व्रतों का पालन करते हुए मेरी पूजा करते हैं।

जरा-मरण-मोक्षाय मामाश्रित्य यतन्ति ये।
ते ब्रह्म तद्विदुः कृत्स्न मध्यात्मं कर्म चाखिलम् ॥ 29 ॥

इस प्रकार जो मेरा आश्रय लेकर जन्म - मरण से छटने के लिए प्रयत्न करते हैं, वे पूर्ण ब्रह्म को पूर्ण आत्मा को और सब कर्मों को जान लेते है

साधिभूताधिदैवं मां साधियज्ञं च ये विदुः।
प्रयाण-कालेऽपि च मां ते विदु र्युक्त-चेतसः ॥ 30 ॥

जो मुझे इस प्रकार जानते हैं कि मैं ही वह एक हूं जो भौतिक जगत् का, दैवीय संसार का और सब यज्ञों का शासन करता हूं, वे योगी चित्त को स्थिर करके इस दुनिया से जाते समय (मृत्यु के समय) भी मुझको जान लेते हैं।

इति श्रीमद्भगवद्गीतासुपनिषत्सु ब्रह्मविद्यायां योगशास्त्रे श्रीकृष्णार्जुनसंवादे ज्ञानविज्ञानयोगो नाम

सप्तमोऽध्यायः ॥

इस प्रकार श्री भगवान् के कहे हुए उपनिषद् में ब्रह्म विद्या के अन्तर्गत योगशास्त्र सम्बन्धी श्री कृष्ण और अर्जुन के संवाद में ज्ञान विज्ञान योग नामक सांतवां अध्याय समाप्त हुआ।

आठवां अध्याय

(अक्षरब्रह्मयोगः)

अर्जुन उवाच—

किं तद्ब्रह्म किमध्यात्मं किं कर्म पुरुषोत्तम।
अधिभूतं च किं प्रोक्त मधिदैवं किमुच्यते॥ 1॥

अर्जुन बोला, हे पुरुषोत्तम, यह ब्रह्म क्या है, अध्यात्म क्या है और कर्म क्या है? अधिभूत किसे कहते हैं और अधिदैवत किसे कहा जाता है?

अधियज्ञः कथं कोऽत्र देहेऽस्मिन् मधुसूदन।
प्रयाणकाले च कथं ज्ञेयोऽसि नियतात्मभिः॥ 2॥

हे मधुसूदन, अधियज्ञ कैसा होता है? इस देह में कौन निवास करता है? अपने आपको वश में करने वाला व्यक्ति मरण के समय आपको कैसे जान पाएगा?

हवानुवाच—

अक्षरं ब्रह्म परमं स्वभावोऽध्यात्म मुच्यते।
भूतभावोद्भवकरो विसर्गः कर्मसंज्ञितः॥ 3॥

श्री भगवान ने कहा, जो सबसे परम अक्षर अर्थात कभी नष्ट न होने

वाला है वह ब्रह्म है, प्रत्येक वस्तु का स्वभाव अध्यात्म कहलाता है, अक्षर ब्रह्म रो चर - अचर पदार्थों की उत्पत्ति करने वाला सृष्टिव्यापार ही कर्म है।

अधिभूतं क्षरो भावः पुरुषश्चाधिदैवतम्।
अधियज्ञोऽहमेवात्र देहे देहभृतां वर ॥ 4 ॥

हे देहधारियों में श्रेष्ठ अर्जुन, उत्पन्न हुए सारे पदार्थों की नाशवान् स्थिति को अधिभूत कहते हैं, जो पुरुष अर्थात् पदार्थों में चेतन रूप अधिष्ठाता है वही अधिदैवत है। मैं ही अधियज्ञ अर्थात् सब यज्ञों का स्वामी हूं। इस शरीर में स्वयं मेरा ही वास है।

अन्तकाले च मामेव स्मरन् मुक्त्वा कलेवरम्।
यः प्रयाति स मद्भावं याति नास्त्यत्र संशयः ॥ 5 ॥

और अन्तसमय में जो व्यक्ति मेरा स्मरण करता हुआ शरीर त्यागता है, वह मेरे स्वरूप में मिल जाता है। इस बात में तनिक भी सन्देह नहीं है।

यं यं वापि स्मरन् भावं त्यजत्यन्ते कलेवरम्।
तं तमेवैति कौन्तेय सदा तद्भाव-भावितः ॥ 6 ॥

अथवा हे कौन्तेय, अपने अन्त समय में मनुष्य जिस - जिस अवस्था का स्मरण करता हुआ देह त्यागता है, वह सदा उस अवस्था के ध्यान में मग्न रहने के कारण उसी अवस्था को प्राप्त करता है।

तस्मात् सर्वेषु कालेषु मामनुस्मर युध्य च।
मय्यर्पित-मनो-बुद्धि-र्मामेवैष्य-स्यसंशयः ॥ 7 ॥

इसलिए सब कालों में तू मेरा स्मरण कर और युद्ध कर। मुझमें मन और बुद्धि लगाये रहने से तू निस्संदेह मुझमें आ मिलेगा।

अभ्यास-योग-युक्तेन चेतसा नान्य-गामिना।
परमं पुरुषं दिव्यं याति पार्थानुचिन्तयन् ॥ 8 ॥

हे पार्थ, जो व्यक्ति चित्त को दूसरी ओर न जाने देकर अभ्यास करता हुआ

उसको स्थिर करता है और परम पुरुष का ध्यान करता रहता है, वह निश्चय ही उस दिव्य परम् पुरुष में जा मिलता है।

कविं पुराण मनुशासितार मणो रणीयांस-मनुस्मरेद्यः।
सर्वस्य धातार मचिन्त्यरूप मादित्यवर्णं तमसः परस्तात् ॥ 9 ॥

प्रयाणकाले मनसाचलेन भक्त्या युक्तो योगबलेन चैव।
भ्रुवो र्मध्ये प्राणमावेश्य सम्यक् स तं परं पुरुष मुपैति दिव्यम् ॥ 10 ॥

जो मनुष्य अन्त समय में योग के बल से भक्ति युक्त होकर मन को स्थिर करके दोनों भौहों के बीच में प्राणशक्ति को भली प्रकार स्थापित कर उस कवि अर्थात् सर्वज्ञ, पुरातन, शासक, अणु से भी छोटे, सबके आधार, अचिन्त्य स्वरूप, अन्धकार से परे सूर्य के समान प्रकाशमान् परमपुरुष का भली प्रकार स्मरण करता है, वह मनुष्य उसी दिव्य परम पुरुष में जा मिलता है।

यदक्षरं वेदविदो वदन्ति विशन्ति यद्यतयो वीतरागाः।
यदिच्छन्तो ब्रह्मचर्यं चरन्ति तत्ते पदं संग्रहेण प्रवक्ष्ये ॥ 11 ॥

वेद के जानने वाले जिसे अक्षर कहते हैं, वीतराग होकर मुनि लोग जिसमें प्रवेश करते हैं और जिसकी इच्छा करके वे ब्रह्मचर्य का पालन करते हैं, उस पद के बारे में मैं संक्षेप में तुझे बताता हूं।

सर्व-द्वाराणि संयम्य मनो हृदि निरुध्य च।
मूर्ध्न्याधायात्मनः प्राण-मास्थितो योग-धारणाम् ॥ 12 ॥

ओमित्येकाक्षरं ब्रह्म व्याहरन् मामनुस्मरन्।
यः प्रयाति त्यजन् देहं स याति परमां गतिम् ॥ 13 ॥

शरीर के सब द्वारों अर्थात् सभी इन्द्रियों को वश में करके, मन को हृदय में स्थित कर तथा प्राणशक्ति को कपाल में लेजाकर योग धारण करने वाला जो मनुष्य इस एक अक्षर 'ओ३म्' रूप ब्रह्म

का जाप और मेरा स्मरण करता हुआ देह त्याग कर जाता है, उसे परमगति मिलती है।

अनन्य-चेताः सततं यो मां स्मरति नित्यशः।
तस्याहं सुलभः पार्थ नित्य-युक्तस्य योगिनः ॥ 14 ॥

हे पार्थ, जो अनन्य भाव से सदा ही मेरा स्मरण करता है, उस नित्य युक्त कर्मयोगी के लिए मैं सुलभ हूं।

मामुपेत्य पुनर्जन्म दुःखालय मशाश्वतम्।
नाप्नुवन्ति महात्मानः संसिद्धिं परमां गताः ॥ 15 ॥

मुझमें मिल जाने पर परम सिद्धि पाये हुए महात्माओं को वह पुनर्जन्म नहीं लेना पड़ता जो कि दुःखों का घर है और स्थायी भी नहीं है।

आब्रह्म-भुवनाल्लोकाः पुनरावर्तिनोऽर्जुन।
मामुपेत्य तु कौन्तेय पुनर्जन्म न विद्यते ॥ 16 ॥

हे, अर्जुन, ब्रह्मलोक तक जितने भी लोक हैं, वहां से कभी न कभी इस लोक में वापस आना पड़ता है, लेकिन हे कौन्तेय, मुझे पा लेने के बाद पुनर्जन्म नहीं होता।

सहस्रयुगपर्यन्त महर्यद्ब्रह्मणो विदुः।
रात्रिं युगसहस्रान्तां तेऽहोरात्र-विदो जनाः ॥ 17 ॥

जो यह जानते हैं कि ब्रह्मा का एक दिन एक हज़ार युगों का है और ब्रह्मा की रात भी एक हज़ार युग लम्बी है, वे लोग दिन - रात के तत्त्व को जानने वाले हैं।

अव्यक्ता द्व्यक्तयः सर्वाः प्रभवन्त्यहरागमे।
रात्र्यागमे प्रलीयन्ते तत्रैवाव्यक्त-संज्ञके ॥ 18 ॥

दिन के आने पर अव्यक्त (प्रजापति) से सब चीजें प्रकट हो जाती

हैं, और रात आने पर वे सारी चीजें फिर उसी अव्यक्त में समा जाती हैं।

भूतग्रामः स एवायं भूत्वा भूत्वा प्रलीयते।
रात्र्यागमेऽवशः पार्थ प्रभव त्यहरागमे ॥ 19 ॥

हे पार्थ, यह भूत समुदाय (वस्तु समूह) इस तरह बार - बार उत्पन्न होकर बेबस के समान रात होते ही लीन हो जाता है और दिन होने पर फिर जन्म लेता है।

परस्तस्मात्तु भावोऽन्योऽव्यक्तोऽव्यक्तात् सनातनः।
यः स सर्वेषु भूतेषु नश्यत्सु न विनश्यति ॥ 20 ॥

किन्तु इस अव्यक्त से परे दूसरा एक और सनातन अव्यक्त पदार्थ है, जो सब भूत समुदाय के नाश हो जाने पर भी नष्ट नहीं होता।

अव्यक्तोऽक्षर इत्युक्त स्तमाहुः परमां गतिम्।
यं प्राप्य न निवर्तन्ते तद्धाम परमं मम ॥ 21 ॥

इस अव्यक्त को अक्षर कहते हैं, इसीको परमगति भी कहा गया है। इसे पा लेने के बाद फिर इस संसार में नहीं आना पड़ता। वह मेरा परम धाम है।

पुरुषः स परः पार्थ भक्त्या लभ्य स्त्वनन्यया।
यस्यान्तःस्थानि भूतानि येन सर्वमिदं ततम् ॥ 22 ॥

हे पार्थ, जिसमें सब भूत निवास करते हैं और जिससे यह सारा जगत् व्याप्त है उस परम पुरुष को अनन्यभक्ति द्वारा प्राप्त किया जा सकता है।

यत्र काले त्वनावृत्ति मावृत्तिं चैव योगिनः।
प्रयाता यान्ति तं कालं वक्ष्यामि भरतर्षभ ॥ 23 ॥

हे भरत श्रेष्ठ, अब मैं तुझे उस काल के बारे में बताता हूं, जिस काल में कर्मयोगी इस संसार में लौटकर नहीं आते और उस काल के बारे में भी बताता हूं जिस काल में (मरने पर) लौट आते हैं।

अग्नि-ज्योति रहः शुक्लः षण्मासा उत्तरायणम्।
तत्र प्रयाता गच्छन्ति ब्रह्म ब्रह्मविदो जनाः ॥ 24 ॥

अग्नि में, प्रकाश में, दिन में शुक्लपक्ष में और उत्तरायण (जिन दिनों सूर्य भूमध्यरेखा से उत्तर की ओर रहता है) के छः महीनों में जिस व्यक्ति की मृत्यु होती है वह ब्रह्मज्ञाता ब्रह्म को प्राप्त होता है। वह लौटकर नहीं आता, उसकी मुक्ति हो जाती है।

धूमो रात्रि स्तथा कृष्णः षण्मासा दक्षिणायनम्।
तत्र चान्द्रमसं ज्योति र्योगी प्राप्य निवर्तते ॥ 25 ॥

धुएं से पूर्ण स्थान में, रात में, कृष्णपक्ष में और दक्षिणायण (जिन दिनों सूर्य भूमध्य रेखा से दक्षिण की ओर रहता है) के छः महीनों में मरने वाला कर्मयोगी चन्द्रलोक में जाकर (पुण्य का क्षय हो जाने पर) लौट आता है।

शुक्लकृष्णे गती ह्येते जगतः शाश्वते मते।
एकया यात्यनावृत्ति मन्ययाऽवर्तते पुनः ॥ 26 ॥

इस प्रकार जगत् की शुक्ल और कृष्ण (प्रकाश और अन्धकारमय) दो शाश्वत गतियां (स्थिर मार्ग) हैं। एक मार्ग से जाने पर लौटना नहीं पड़ता और दूसरे से फिर लौटना पड़ता है।

नैते सृती पार्थ जानन् योगी मुह्यति कश्चन।
तस्मात् सर्वेषु कालेषु योगयुक्तो भवार्जुन ॥ 27 ॥

हे पार्थ, इन दोनों मार्गों को तत्त्व रूप में जानने वाला कोई भी कर्मयोगी मोह में नहीं फसता, अज्ञान में नहीं भटकता। इसलिए हे अर्जुन, तू सब कालों में कर्मयोग युक्त हो।

वेदेषु यज्ञेषु तपस्सु चैव दानेषु यत्पुण्यफलं प्रदिष्टम्।
अत्येति तत्सर्व मिदं विदित्वा योगी परं स्थान मुपैति चाद्यम् ॥

यह सारी बातें जान लेने के बाद योगी वेदों के अध्ययन, यज्ञों, तपों और दानों से मिलने वाले पुण्य फल को पार करके आदि तथा परमस्थान को प्राप्त करता है। अर्थात् ब्रह्मत्व को प्राप्त होता है।

इति श्रीमद्भगवद्गीतासूपनिषत्सु ब्रह्मविद्यायां योगशास्त्रे
श्रीकृष्णार्जुन संवादे अक्षरब्रह्मयोगो नाम
अष्टमोऽध्यायः ॥

इस प्रकार श्री भगवान् द्वारा कहे गये उपनिषद् में ब्रह्मविद्या के अन्तर्गत कर्म योग शास्त्र सम्बन्धी श्री कृष्ण और अर्जुन के संवाद में अक्षर ब्रह्मयोग नामक आठवां अध्याय समाप्त हुआ।

नौवां अध्याय

(राजविद्याराजगुह्यायोग)

श्री भगवानुवाच—

इदं तु ते गुह्य-तमं प्रवक्ष्या म्यनसूयवे।
ज्ञानं विज्ञान-सहितं यज्ज्ञात्वा मोक्ष्यसेऽशुभात्॥ 1॥

श्री भगवान् बोले, अब क्योंकि तु दोष देखना छोड़ चुका है, इसलिए तुझे ज्ञान - विज्ञान सहित गंभीरतम रहस्य बताता हूं, इस ज्ञानपूर्ण रहस्य को जानने के बाद तू सब तरह की बुराइयों से मुक्त हो जाएगा।

राजविद्या राजगुह्यं पवित्र मिद मुत्तमम्।
प्रत्यक्षावगमं धर्म्यं सुसुखं कर्तु मव्ययम्॥ 2॥

यह गंभीरतम रहस्यपूर्ण ज्ञान सब विद्याओं का राजा है अर्थात् सब विद्याओं से बढ़कर है, रहस्यों का राजा है, सबसे पवित्र है, उत्तम है, प्रत्यक्ष अनुभव से जाना जाता है, यह धर्म के अनुकूल है, इस पर चलना आसान है और इसका कभी नाश भी नहीं होता।

अश्रद्दधानाः पुरुषा धर्मस्यास्य परंतप।
अप्राप्य मां निवर्तन्ते मृत्यु-संसार-वर्त्मनि॥ 3॥

हे परंतप, जो लोग इस धर्म मार्ग पर श्रद्धा नहीं रखते वे मुझे नहीं पा सकते, फलतः इस मर्त्यलोक में ही लौट आते हैं, उन्हें मोक्ष नहीं मिलता।

मया तत मिदं सर्वं जग-दव्यक्त मूर्तिना।
मत्स्थानि सर्व-भूतानि न चाहं तेष्ववस्थितः ॥ 4 ॥

मेरा अव्यक्त स्वरूप इस सारे संसार में व्याप्त है अर्थात् मैं दिखाई तो भले ही न दूं किन्तु सारे संसार में मेरा ही पसारा है। सारे प्राणी मेरा सहारा लेते हैं, लेकिन मैं किसी का सहारा नहीं लेता।

न च भत्स्थानि भूतानि पश्य मे योग मैश्वरम्।
भूतभृन्न च भूतस्थो ममात्मा भूतभावनः ॥ 5 ॥

फिर भी सब प्राणियों का निवास मुझमें नहीं है, तू मेरे इस योग के चमत्कार को देख। सब भूतों का मूल आत्मा उन्हें संभाले हुए भी उनमें निवास नहीं करता।

यथाकाश-स्थितो नित्यं वायुः सर्वत्रगो महान्।
तथा सर्वाणि भूतानि मत्स्थानीत्युपधारय ॥ 6 ॥

सब कहीं बहते रहने वाली महान् हवा जिस तरह हमेशा आकाश में रहती है, उसी प्रकार समस्त भूत मुझमें निवास करते हैं, यह बात तुझे भली प्रकार समझ लेनी चाहिए।

सर्वभूतानि कौन्तेय प्रकृतिं यान्ति मामिकाम्।
कल्पक्षये पुन स्तानि कल्पादौ विसृजाम्यहम् ॥ 7 ॥

हे कौन्तेय, कल्प के अन्त में सारे प्राणी मेरी प्रकृति में आ मिलते हैं और फिर जब कल्प का आरंभ होता है तो मैं पुनः उनको उत्पन्न करता हूं।

प्रकृतिं स्वा मवष्टभ्य विसृजामि पुनः पुनः ॥
भूतग्राम मिमं कृत्स्न मवशं प्रकृते र्वशात् ॥ 8 ॥

प्रकृति के वश में होने के कारण जो भूत समुदाय बिलकुल बेबस है, मैं उसे, अपनी प्रकृति को वश में रखते हुए, बार - बार उत्पन्न करता हूं।

न च मां तानि कर्माणि निबध्नन्ति धनञ्जय।
उदासीनव दासीन मसक्तं तेषु कर्मसु ॥ 9 ॥

हे धनंजय, क्योंकि सृष्टि - रचना के काम में मैं कोई रुचि नहीं रखता, उससे मैं उदासीन - सा रहता हूं, इसलिए यह कर्म मुझे बन्धन में नहीं डालते।

मयाध्यक्षेण प्रकृतिः सूयते सचराचरम्।
हेतुनानेन कौन्तेय जग द्विपरिवर्तते ॥ 10 ॥

हे कौन्तेय, यह प्रकृति मेरी देख-रेख में सब जड़ - चेतन वस्तुओं को जन्म देती है, इसलिए इसीके द्वारा यह संसार - चक्र चलता रहता है।

अवजानन्ति मां मूढा मानुषीं तनु माश्रितम्।
परं भाव माजनन्तो मम भूत महेश्वरम् ॥ 11 ॥

मूर्ख लोग मेरे परम स्वरूप को नहीं जानते, वे सब भूतों के स्वामी को नहीं जानते। वे मुझे मानव शरीर धारी समझकर मेरा निरादर करते हैं।

मोघाशा मोघकर्माणो मोघज्ञाना विचेतसः।
राक्षसी मासुरीं चैव प्रकृतिं मोहिनीं श्रिताः ॥ 12 ॥

ऐसे मूर्ख लोग असुरों और राक्षसों की प्रकृति रखते हैं। फलस्वरूप उनकी महत्वाकांक्षाएं, उनके बड़े - बड़े कार्य, उनका विस्तृत ज्ञान सब व्यर्थ हो जाता है और उनका विवेक भी जाता रहता है।

महात्मानस्तु मां पार्थ दैवीं प्रकृति माश्रिताः।
भजन्त्यनन्य-मनसो ज्ञात्वा भूतादि मव्ययम् ॥ 13 ॥

परन्तु हे पार्थ, जो दैवी प्रकृति वाले महापुरुष हैं, वे मुझे सब भूतों का अनइवर मूल मानकर अनन्यभाव से मेरी पूजा करते हैं।

सततं कीर्तयन्तो मां यतन्तश्च दृढव्रताः।
नमस्यन्तश्च मां भक्त्या नित्ययुक्ता उपासते ॥ 14 ॥

वे सदा मेरा कीर्तन करते हुए, मेरे लिए दृढव्रती होकर, प्रयत्न करते हुए और भक्तिभाव से मुझे नमस्कार करते हुए, नित्य मुझमें लगे रहकर मेरी ही पूजा करते हैं।

ज्ञान-यज्ञेन चाप्यन्ये यजन्तो मामुपासते।
एकत्वेन पृथक्त्वेन बहुधा विश्वतो मुखम् ॥ 15 ॥

कुछ दूसरे लोग ज्ञान-यज्ञ द्वारा यज्ञ करते हुए मेरी उपासना करते हैं। वे कभी भेद - भाव से और कभी अभेद - भाव से मुझे सब कहीं रहने वाला मानकर मेरी पूजा करते हैं।

अहं क्रतु रहं यज्ञः स्वधाह मह मौषधम्।
मन्त्रोऽहमहमेवाज्य महमग्नि रहं हुतम् ॥ 16 ॥

(तू यह समझले) मैं ही कर्मकांड हुं, मैं ही यज्ञ हूं, मैं ही पितरों के लिए पिंडदान हूं, मैं ही ओषधि (वनस्पति) हूं, मैं ही मंत्र हूं, मैं ही घी हूं, मैं ही अग्नि हूं और मैं ही आहुति हूं।

पिताह मस्य जगतो माता धाता पितामहः।
वेद्यं पवित्र मोङ्कार ऋक् साम यजुरेव च ॥ 17 ॥

इस जगत् का पिता, माता, पितामह और आधार मैं ही हूं। जो कुछ पवित्र और जानने योग्य है वह भी मैं ही हूं। मैं ही ओंकार हूं और ऋग्वेद, सामवेद तथा यजुर्वेद भी मैं ही हूं।

गति भर्ता प्रभुः साक्षी निवासः शरणं सुहृत्।
प्रभवः प्रलयः स्थानं निधानं बीज मव्ययम् ॥ 18 ॥

मैं ही सबकी गति, सबका भरण-पोषण करने वाला, सबका साक्षी, सबका निवास, सबकी शरण और सबका बन्धु हूं। मैं ही उत्पत्ति और

प्रलय हूं, मैं ही स्थिति हूं। मैं ही सबका विश्राम स्थल और अनश्वर बीज हूं।

तपाम्यह महं वर्ष निगृह्ण म्युत्सृजामि च।
अमृतं चैव मृत्युश्च सदसच्चाह मर्जुन ॥ 19 ॥

हे अर्जुन, मैं ही सबको उष्णता (गरमी) देता हूं (सूर्य और अग्नि के रूप में) और मैं ही वर्षा को रोकता हूं और पानी बरसाता हूं। अमरता और मृत्यु, सत् और असत् मैं ही हूं।

त्रैविद्या मां सोमपाः पूत-पापा यज्ञै रिष्ट्वा स्वर्गतिं प्रार्थयन्ते।
ते पुण्य मासाद्य सुरेन्द्रलोक मश्नन्ति दिव्यान् दिवि देवभोगान् ॥

तीनों वेदों के अनुसार आचरण करने वाले, सोम यज्ञ करने वाले,पाप रहित होकर यज्ञ करने वाले ये सभी लोग मेरी उपासना करते हुए स्वर्ग जाने की प्रार्थना करते हैं। ऐसे लोग देवताओं के राजा इन्द्र के पवित्र लोक में जाते हैं और वहां पर देवताओं को सुलभ भोगों को भोगते हैं।

ते तं भुक्त्वा स्वर्ग-लोकं विशालं क्षीणे पुण्ये मृर्त्य-लोकं विशन्ति।
एवं त्रयीधर्म मनुप्रपन्ना गतागतं कामकामा लभन्ते ॥ 21 ॥

वे उस विशाल स्वर्ग लोक को भोगकर, अपने पुण्यकर्मों के समाप्त हो जाने पर फिर जन्म लेकर इस लोक में आ जाते हैं। इस तरह वेदों में बताये गये यज्ञ आदि धर्मों का पालन करते हुए भोगों की कामना करने वाले लोग आवागमन में फंसे रहते हैं।

अनन्या श्चिन्तयन्तो मां ये जनाः पर्युपासते।
तेषां नित्याभियुक्तानां योगक्षेमं वहाम्यहम् ॥ 22 ॥

लेकिन जो लोग अनन्यभाव से मेरा चिंतन करते हुए मेरी ही उपासना करते हैं उन नित्ययुक्त (सदा मुझमें लीन रहने वाले) लोगों का योग - क्षेम मैं ही वहन करता हूं। उनके कुशल-मंगल की जिम्मेदारी मुझपर रहती है।

येऽप्यन्य-देवता-भक्ता यजन्ते श्रद्धयान्विताः।
तेऽपि मामेव कौन्तेय यजन्त्यविधि-पूर्वकम्॥ 23॥

हे कौन्तेय, जो लोग श्रद्धापूर्वक अन्य देवताओं के भक्त बनकर उनके लिए यज्ञ आदि करते हैं वे भी पूजते तो मुझे ही हैं, हालांकि उनकी यह पूजा विधान के अनुसार नहीं होती।

अहं हि सर्व-यज्ञानां-भोक्ता च प्रभुरेव च।
न तु मामभिजानन्ति तत्त्वेनात श्च्यवन्ति ते॥ 24॥

मैं ही सब यज्ञों का स्वामी हूं और उनका उपभोग करने वाला भी हूं, इस बात को ये विधि पूर्वक पूजा न करने वाले लोग नहीं जानते (सीधे ही मेरी उपासना करने के स्थान पर कर्मकांड आदि का सहारा लेते हैं) अतः वे नीचे गिरते हैं अर्थात् स्वर्ग से गिरकर इस लोक में आते हैं।

यान्ति देव-व्रता देवान् पितॄन् यान्ति पितृ-व्रताः।
भूतानि यान्ति भूतेज्या यान्ति मद्याजिनोऽपि माम्॥ 25॥

(लेकिन तु इस बात को याद रख) देवताओं की पूजा करने वाले देवताओं के पास, पितरों का पूजन करने वाले पितरों के पास, भिन्न - भिन्न प्रकार के भूतों को भजने वाले उन - उन भूतों के पास जाते हैं और जो मेरी पूजा करते हैं वे मेरे पास आते हैं।

पत्रं पुष्पं फलं तोयं यो मे भक्त्या प्रयच्छति।
तदहं भक्त्युपहृत मश्नामि प्रयतात्मनः॥ 26॥

जो मुझे पवित्र मन से पत्र, पुष्प, फल और जल भक्ति पूर्वक अर्पण करता है, उस पवित्रात्मा भक्त का भक्तिभाव से अर्पित किया हुआ पत्र पुष्प आदि भी। मैं प्रसन्नता से ग्रहण कर लेता हूं।

यत्करोषि यदश्नन्सि यज्जुहोषि ददासि यत्।
यत्तपस्यसि कौन्तेय तत्कुरुष्व मदर्पणम्॥ 27॥

इसलिए हे अर्जुन, तू जो कुछ करता है, जो खाता है, जो हवन करता है, जो दान करता है और जो तप करता है वह सब मुझे अर्पित किया कर।

शुभाशुभ-फलै रेवं मोक्ष्यसे कर्मबन्धनैः।
सन्न्यासयोग-युक्तात्मा विमुक्तो मामुपैष्यसि ॥ 28 ॥

इस प्रकार अनासक्त कर्मयोग से युक्त होकर तू बुरे - भले फल वाले कर्मों के बन्धनों से छूट जाएगा और इस प्रकार उनसे मुक्त होकर तू मुझे प्राप्त) कर लेगा।

समोऽहं सर्वभूतेषु न मे द्वेष्योऽस्ति न प्रियः।
ये भजन्ति तु मां भक्त्या मयि ते तेषु चाप्यहम् ॥ 29 ॥

(यह कहने का मेरा यह आशय नहीं है कि मैं कर्मकांडियों से घृणा करता हूं और भक्तों से प्रेम, बल्कि) मैं तो सब प्राणियों के साथ एक जैसा ही व्यवहार करता है। न तो कोई मेरा द्वेषी है और न ही कोई मेरा प्रिय है। (हां, इतनी बात जरूर है कि) जो भक्तिभाव से मेरा भजन करते हैं वे मुझमें हैं और मैं भी उनमें हूं।

अपि चेत् सुदुराचारो भजते मामनन्यभाक्।
साधुरेव स मन्तव्यः सम्यग्व्यवसितो हि सः ॥ 30 ॥

चाहे कोई बड़ा भारी दुराचारी ही क्यों न हो, यदि वह अनन्यभाव से मेरी भक्ति करता है तो उसे साधु ही समझना चाहिए। क्योंकि इस प्रकार उसने अब एक उत्तम संकल्प कर लिया है। दुराचार छोड़कर अनन्यभाव से भक्ति करने का संकल्प करने वाला साधु ही है।'

क्षिप्रं भवति धर्मात्मा शश्वच्छात्तिं निगच्छति।
कौन्तेय प्रतिजानीहि न मे भक्तः प्रणश्यति ॥31 ॥

(इस प्रकार का दृढ़ संकल्प करने वाला भक्त) शीघ्र ही धर्मात्मा बन जाता है। उसे स्थायी शान्ति मिल जाती है। हे कौन्तेय, तू यह बात भली प्रकार समझ ले कि मेरा भक्त कभी नष्ट नहीं होता।

मां हि पार्थ व्यपाश्रित्य येऽपि स्युः पाप-योनयः।
स्त्रियो वैश्या स्तथा शुद्रा स्तेऽपि यान्ति परां गतिम्

हे पार्थ, जो लोग मेरी शरण में आते हैं, वे चाहे नीच कुलों में उत्पन्न हों, चाहे स्त्री, वैश्य, शुद्र कोई भी हों, परमगति पाते हैं। (वर्ग, जाति, लिंग - भेद के बिना भक्त मोक्ष पाता है।)

किं पुनर्ब्राह्मणाः पुण्या भक्ता राजर्षय स्तथा।
अनित्य मसुस्वं लोक मिमं प्राप्य भजस्व माम् ॥ 33 ॥

फिर पुण्यात्मा ब्राह्मणों की, मेरे भक्त राजर्षियों की तो बात ही क्या? इसलिए तु नाशवान् तथा दुः ख के भंडार इस लोक में रहता हुआ मेरा ही भजन कर। (तभी तुझे इससे छुटकारा मिलेगा।)

मन्मना भव मद्भक्तो मद्याजी मां नमस्कुरु।
मामेवैष्यसि युक्त्वैव मात्मानं मत्परायणः ॥ 34 ॥

तू मुझमें मन लगा, मेरा भक्त हो, मेरी पूजा कर और मुझे ही नमस्कार कर। इस तरह तू मुझमें आत्मा को लगाकर, मेरे परायण होकर योगयुक्त होने के कारण मुझे ही प्राप्त करेगा।

इति श्रीमद्भगवद्गीतासूपनिषत्सु ब्रह्मविद्यायां योगशास्त्रे
श्रीकृष्णार्जुनसंवादे राजविद्याराजगुह्ययोगो नाम
नवमोऽध्यायः ॥

इस प्रकार श्री भगवान के द्वारा कहे हुए उपनिषद् में ब्रह्मविद्या के 5 अन्तर्गत कर्मयोग शास्त्र सम्बन्धी श्री कृष्ण अर्जुन के संवाद में राजविद्या राज गुह्ययोग नामक नवां अध्याय समाप्त हुआ।

दसवां अध्याय

(विभूतियोगः)

भी भगवानुवाच —

भूय एव महाबाहो शृणु मे परमं वचः।
यत्तेऽहं प्रीयमाणाय वक्ष्यामि हित-काम्यया ॥ 1 ॥

श्री भगवान् ने कहा, हे महाबाहु! क्योंकि तू मेरी बातों से प्रसन्न होता है, इसलिए तेरी भलाई के लिए मैं और एक अच्छी बात कहता हूं, तू उसे भी सुन!

न मे विदुः सुरगणाः प्रभवं न महर्षयः।
अहमादिर्हि देवानां महर्षीणां च सर्वशः ॥ 2 ॥

महर्षि और देवता लोग भी मेरे प्रभाव या उत्पत्ति को नहीं जानते, क्योंकि मैं ही देवताओं और महर्षियों का आदि कारण हूं।

यो मामज मनादिं च वेत्ति लोक-महेश्वरम्।
असंमूढः स मर्त्येषु सर्व-पापैः प्रमुच्यते ॥ 3 ॥

जो व्यक्ति यह जानता है कि मैं अजन्मा, अनादि और लोकों का सबसे बड़ा स्वामी हूं, वही व्यक्ति मोह रहित है और सब पापों से मुक्त है।

बुद्धि र्ज्ञान मसंमोहः क्षमा सत्यं दमः शमः।

सुखं दुखं भवोऽभावो भयं चाभयमेव च ॥ 4 ॥

अहिंसा समता तुष्टि स्तपो दानं यशोऽयशः।

भवन्ति भावा भूतानां मत्त एव पृथग्विधाः ॥ 5 ॥

बुद्धि, ज्ञान, मोह से मुक्ति, क्षमा,सत्य, आत्मसंयम, शान्ति, सुख, दुः ख, उत्पत्ति, विनाश, भय, अभय, अहिंसा, समता, संतोष, तप, दान, यश और अयश आदि अनेक प्रकार के (प्राणियों के) ये भाव मुझसे ही उत्पन्न होते हैं।

महर्षयः सप्त पूर्वे चत्वारो मनव स्तथा।

मद्भावा माना जाता येषां लोक इमाः प्रजाः ॥ 6 ॥

पहले सात महर्षि और चार मनु मेरे ही मानस पुत्र हैं और उन्हीं से इस लोक के प्राणियों की उत्पत्ति हुई है।

एतां विभूतिं योगं च मम यो वेत्ति तत्त्वतः।

सोऽविकम्पेन योगेन युज्यते नात्र संशयः ॥ 7 ॥

जो मेरी इस विभूति (विस्तार) और योग (विस्तार करने की सामर्थ्य के तत्त्व) को जानता है, वह निश्चय ही अचल योग से युक्त हो जाता है।

अहं सर्वस्य प्रभवो मत्तः सर्वं प्रवर्तते।

इति मत्वा भजन्ते मां बुधा भाव-समन्विताः ॥ 8 ॥

यह जानकर कि सबकी उत्पत्ति मुझसे ही हुई है और मैं ही सारी सृष्टि को चलाता हूं, ज्ञानी लोग भक्तिभाव से मेरी पूजा करते हैं।

मच्चित्ता मद्गत-प्राणा बोधयन्तः परस्परम्।

कथयन्तश्च मां नित्यं तुष्यन्ति च रमन्ति च ॥ 9 ॥

उनका चित्त मुझमें ही रमता है, वे अपने प्राण भी मेरे अधीन

कर देते हैं, वे आपस में एक - दूसरे को अपनी अनुभूति समझाते हैं और नित्य प्रति मेरी ही चर्चा करते हुए सन्तुष्ट रहते हैं, मुझमें ही आनन्द लेते हैं।

तेषां सतत-युक्तानां भजतां प्रीति-पूर्वकम्।
ददामि बुद्धि-योगं तं येन मामुपयान्ति ते ॥ 10 ॥

जो लोग इस प्रकार मेरी भक्ति में लगे रहते हैं, प्रीतिपूर्वक मेरी पूजा करते हैं, उन्हें मैं बुद्धियोग (स्थिर बुद्धि) देता हूं, जिसके द्वारा वे मेरे पास पहुंच जाते हैं।

तेषामेवानुकम्पार्थ मह मज्ञानजं तमः।
नाशया म्यात्मभावस्थो ज्ञान-दीपेन भास्वता ॥ 11 ॥

और उनपर अनुग्रह करने के लिए मैं उनके अंतःकरण में बैठकर तेजस्वी ज्ञानदीप द्वारा अज्ञान से उत्पन्न उनके अंधकार को दूर करता हूं।

अर्जुन उवाच—

परं ब्रह्म पर धाम पवित्रं परमं भवान्।
पुरुष शाश्वतं दिव्य मादिदेव मजं विभुम् ॥ 12 ॥
आहुस्त्वा मृषयः सर्वे देवर्षि र्नारद स्तथा।
असितो देवलो व्यासः स्वयं चैव ब्रवीषि मे ॥ 13 ॥

अर्जुन ने कहा, आप परम ब्रह्म, परमधाम और परमपवित्र हैं। सभी ऋषि और देवर्षि नारद, असित, देवल और व्यास भी आपको सदा - सदा बने रहने वाले दिव्य पुरुष, आदि देव, अजन्मा और सर्वव्यापी कहते हैं और स्वयं आप भी मुझसे यही कहते हैं।

सर्वमेत दृतं मन्ये यन्मां वदसि केशव।
न हि ते भगवन् व्यक्तिं विदु र्देवा न दानवाः ॥ 14 ॥

हे केशव, आप मुझसे जो भी कहते हैं, मैं उसे सत्य मानता हूं। हे भगवन् आपके व्यक्त रूप को न तो देवता ही जानते हैं, न दानव ही।

स्वयमेवात्मनात्मानं वेत्थ त्वं पुरुषोत्तम।
भूतभावन भूतेश देवदेव जगत्पते॥ 15॥

हे पुरुषोत्तम, हे सब प्राणियों के जन्मदाता, हे सब प्राणियों के स्वामी, हे देवताओं के देवता और हे संसार के स्वामी, आप स्वयं ही अपने आपको। (भली प्रकार) जानते हैं।

वक्तुमर्ह स्यशेषेण दिव्या ह्यात्म-विभूतयः।
याभि र्विभूतिभि र्लोका निमांस्त्वं व्याप्य तिष्ठसि॥ 16॥

इसलिए, जिन विभूतियों से इन सब लोकों में आप व्याप्त हैं, अपनी उन सब महान् विभूतियों के बारे में मुझे स्वयं ही सब कुछ बताएं।

कथं विद्या मह योगिंस्त्वां सदा परिचिन्तयन्।
केषु केषु च भावेषु चिन्त्योऽसि भगवन् मया॥ 17॥

हो योगिन, आप मुझे यह बताइए कि मैं सदा आपका चिंतन करता हुआ किस प्रकार आपको पहचान सकता हूं? और हे भगवन् यह भी बताइए कि मैं किन - किन रूपों में आपका ध्यान धरूं?

विस्तरेणात्मनो योगं विभूतिं च जनार्दन।
भूयः कथय तृप्तिर्हि शृण्वतो नास्ति मेऽमृतम्॥ 18॥

हे जनार्दन, अपने ऐश्वर्य और अपनी योगशक्ति के बारे में आप मुझे फिर से विस्तार पूर्वक बताइए, क्योंकि आपकी अमृत वाणी सुनते - सुनते मैं पूरी तरह तृप्त नहीं हो पा रहा।

श्रीभगवानुवाच—

हन्त ते कथयिष्यामि दिव्या ह्यात्म-विभूतयः।
प्राधान्यतः कुरुश्रेष्ठ नास्त्यन्तो विस्तरस्य मे॥ 19॥

श्री भगवान् बोले, हे कुरुश्रेष्ठ! मैं तुझे अपने प्रमुख दिव्य रूपों के बारे में ही बताऊंगा, क्योंकि मेरे विस्तार का कहीं अन्त नहीं है

अहमात्मा गुडाकेश सर्वभूताशय-स्थितः।

अह मादिश्च मध्यं च भूताना मन्त एव च॥ 20॥

हे गुडाकेश, सब प्राणियों के हृदयों में निवास करनेवाला आत्मा मैं ही हूं और सब प्राणियों और पदार्थों का आदि, मध्य और अन्त मैं ही हूं।

आदित्याना महं विष्णु ज्योतिषां रवि-रंशुमान्।

मरीचि र्मरुता मस्मि नक्षत्राणा महं शशी॥ 21॥

आदित्यों में विष्णु मैं हूं, ज्योतियों में किरणों वाला सूर्य मैं हूं, मरुतों (हवा) में मरीचि मैं हूं,नक्षत्रों में चन्द्रमा मैं हूं।

वेदानां सामवेदोऽस्मि देवाना मस्मि वासवः।

इन्द्रियाणां मनास्मि भूताना मस्मि चेतना॥ 22॥

मैं वेदों में सामवेद हैं, देवताओं में इन्द्र हूं, इन्द्रियों में मन हूं और प्राणियों में चेतना मैं ही हूं।

रुद्राणां शङ्करश्चास्मि वित्तेशो यक्ष-रक्षसाम्।

वसूनां पावक श्चास्मि मेरुः शिखरिणी महम्॥ 23॥

मैं रूद्रों में शंकर हूं, यक्ष और राक्षसों में कुवेर हूं, वसुओं में मैं अग्नि हूं और ऊंचे शिखर वाले पर्वतों में मैं सुमेरु हूं।

पुरोधसां च मुख्यं मां विद्धि पार्थ बृहस्पतिम्।

सेनानीना महं स्कन्दः सरसा मस्मि सागरः॥ 24॥

हे पार्थ, पुरोहितों में मुख्य पुरोहित वृहस्पति तू मुझे ही समझ। सेनापतियों में स्कन्द मैं हूं और जलाशयों में मैं सागर हूं।

महर्षीणां भृगु रहं गिरा मस्म्येकामक्षरम्।

यज्ञानां जप-यज्ञोऽस्मि स्थावराणां हिमालयः॥ 25॥

महर्षियों में मैं भृगु हूं, वाणियों में मैं एकाक्षर 'ॐ' हूं, यज्ञों में जपयज्ञ हूं और अचल वस्तुओं में मैं हिमालय हूं।

अश्वत्थः सर्ववृक्षाणां देवर्षीणां च नारदः ।
गन्धर्वाणां चित्ररथः सिद्धानां कपिलो मुनिः ॥ 26 ॥

मैं सब वृक्षों में पीपल हूं, देवर्षियों में नारद हूं, गंधर्वों में चित्ररथ हूं तथा सिद्धों में मैं कपिल मुनि हूं।

उच्चैःश्रवस मश्वानां विद्धि माममृतोद्भवम्।
ऐरावतं गजेन्द्राणां नराणां च नराधिपम् ॥ 27 ॥

घोड़ों में तू मुझे उच्चैः श्रवा समझ, जो कि अमृतमंथन के समय उत्पन्न हुआ था, श्रेष्ठ हाथियों में मुझे ऐरावत जान और मनुष्यों में राजा मुझे ही मान।

आयुधाना महं वज्रं धेनूना मस्मि कामधुक् ।
प्रजनश्चास्मि कन्दर्पः सर्पाणा मस्मि वासुकिः ॥ 28 ॥

मैं शस्त्रों में वज्र, गायों में कामधेनु, सन्तान उत्पन्न करने वालों में कामदेव और सर्पों में वासुकि हूं।

अनन्तश्चास्मि नागानां वरुणो यादसामहम् ।
पितृणामयमा चास्मि यमः संयमता महम् ॥ 29 ॥

नागों में शेषनाग, पानी में रहने वाले जीवों का राजा वरूण, पितरों में अर्यमा और नियम तथा व्यवस्था करने वालों में यम मैं हूं।

प्रह् लादश्चस्मि दैत्यानां कालः कलयता महम् ।
मृगाणां च मृगेन्द्रोऽहं वैनतेयश्च पक्षिणाम् ॥ ३०॥

मैं दैत्यों में प्रह्लाद हूं, कालों में काल हूं,पशुओं में सिंह हूं और पक्षियों में। गरूड़ हूं।

पवनः पवतामस्मि रामः शस्त्रभृता-महम् ।
झषाणां मकरश्चास्मि स्रोतसामस्मि जाह्नवी ॥ 31 ॥

तेज़ गति वालों में मैं वायु है, शस्त्रधारियों में राम हूं, मच्छों में मगरमच्छ और नदियों में गंगा हूं।

सगणा मादि रन्तश्च मध्यं चैवाह मर्जुन।

अध्यात्मविद्या विद्यानां वादः प्रवदता महम्॥ 32॥

हे अर्जुन, समस्त सृष्टियों का आदि, अन्त और मध्य मैं हूं, विद्याओं में अध्यात्म विद्या हूं और वाद - विवाद में मैं तर्क हूं।

अक्षराणा मकारोऽस्मि द्वन्द्वः सामासिकस्य च।

अहमेवाक्षयः कालो धाताहं विश्वतो-मुखः॥ 33॥

अक्षरों में मैं 'अ' कार हूं और समासों में मैं द्वन्द्व समास हूं, मैं ही अविनाशी काल हूं और मैं ही चारों ओर मुह धारण करने वाला ब्रह्म हूं।

मृत्युः सर्वहर शाह मुद्भवश्च भविष्यताम्।

कीर्तिः श्रीवोक्च नारीणां स्मृति मेधा धृतिः क्षमा॥ 34॥

मैं सबका हरण करने वाली मृत्यु हूं और भविष्य में जन्म लेने वाली सभी वस्तुओं का उत्पत्ति स्थान मैं ही हूं। नारियों में कीर्ति, श्री, वाणी, स्मृति, मेधा, धृति और क्षमा मैं ही हूं।

बृहत्साम तथा साम्नां गायत्री छन्दसा महम्।

मासानां मार्गशीर्षोऽह मृतूनां कुसुमाकरः॥ 35॥

सामों (गाये जाने वाले) में मैं सबसे बड़ा साम हूं, छन्दों में गायत्री हूं, महीनों में मैं मार्गशीर्ष (अग्रहायण, मंगसिर) हूं और ऋतुओं में मैं ऋतुराज बसन्त हूं।

द्यूतं छलयता मस्मि तेज स्तेजस्विना महम्।

जयोऽस्मि व्यवसायोऽस्मि सत्वं सत्त्ववता महम्॥ 36॥

मैं छल करने वालों का जूआ, तेजस्वियों का तेज हूं और मैं ही जय हूं, निश्चय हूं। सात्विक लोगों की सात्विकता भी मैं ही हूं।

वृष्णीनां वासुदेवोऽस्मि पाण्डवानां धनञ्जयः।
मुनीनामप्यहं व्यासः कवीना मुशना कविः ॥ 37 ॥

वृष्णियों (यादव) में मैं वासुदेव हूं, पांडवों में धनंजय (अर्जुन) हूं, मुनियों में व्यास हूं और कवियों में मैं उशना (शुक्राचार्य) हूं।

दण्डो दमयता मस्मि नीति रस्मि जिगीषताम्।
मौनं चैवास्मि गुह्यानां ज्ञानं ज्ञानवता महम् ॥ 38 ॥

मैं शासन करने वालों का दंड हूं, विजय चाहने वालों की नीति हूं, एकांतवासियों (गुह्य) का मौन हूं और ज्ञानियों का ज्ञान हूं।

यच्चापि सर्वभूतानां बीजं तदह मर्जुन।
न तदस्ति विना यत्स्यान्मया भूंत चराचरम् ॥ 39 ॥

हे अर्जुन, सब पदार्थों और प्राणियों का जो कुछ भी बीज है, वह मैं हूं, जड़ - चेतन में कोई ऐसा नहीं है जो मेरे बिना रह सके।

नान्तोऽस्ति मम दिव्यानां विभूतीनां परंतप।
एष तूदेशतः प्रोक्तो विभूते र्विस्तरो मया ॥ 40 ॥

हे परंतप, मेरी दिव्य विभूतियों का अंत नहीं है। अपनी विभूतियों के बारे में मैंने विस्तार से तुझे जितना कुछ बताया है, वह असल में संक्षेप में ही कहा गया

यद्यद्विभूतिमत सत्त्वं श्रीम दुर्जित मेव वा।
तत्तदेवावगच्छ त्वं मम तेजोंश-संभवम् ॥ 41 ॥

जो - जो वस्तु भी तुझे वैभव, ऐश्वर्य और प्रभावशाली दिखाई देती है, उसे तू मेरे ही तेज के अंश से उत्पन्न हुई समझ।

अथवा बहुनैतेन किं ज्ञातेन तवार्जुन।
विष्ठभ्याह मिदं कृत्स्न मेकांशेन स्थितो जगत् ॥ 42 ॥

अथवा हे अर्जुन, तू इतने विस्तार से जानकर क्या करेगा? संक्षेप में इतना ही। जान ले कि मैं इस सम्पूर्ण जगत् को अपने एक अंश मात्र से ही धारण किये रहता हूं।

इति श्रीमद्भगवद्गीतासूपनिषत्सु ब्रह्मविद्यायां योगशास्त्रे।

श्रीकृष्णार्जुनसंवादे विभूतियोगो नाम

दशमोऽध्यायः॥

इस प्रकार श्री भगवान के कहे हुए उपनिषद् में ब्रह्म - विद्या के अन्तर्गत कर्मयोग सम्बन्धी श्री कृष्ण और अर्जुन के संवाद में विभूतियोग नामक दसवां अध्याय समाप्त हुआ।

ग्यारहवां अध्याय

(विश्वरूपदर्शनयोगः)

अर्जुन उवाच—

मदनुग्रहाय परमं गुह्य मध्यात्म-संज्ञितम् ।
यत्त वयोक्तं वचस्तेन मोहोऽयं विगतो मम ॥ 1 ॥

अर्जुन ने कहा, आपने मुझपर दया करके जो यह रहस्यपूर्ण अध्यात्मज्ञान मुझे बताया है, उससे मेरा यह मोह जाता रहा।

भवाप्ययौ हि भूतानां श्रुतौ विस्तरशो मया ।
त्वत्तः कमलपत्राक्ष माहात्म्य मपि चाव्ययम् ॥ 2 ॥

हे कमलनयन, सभी प्राणियों और पदार्थों के जन्म और विनाश के बारे में मैंने विस्तार पूर्वक आपसे सुन लिया, साथ ही आपके अविनाशी महारूप के बारे में भी विस्तार से जान लिया।

एवमेत द्यथात्थ त्वमात्मानं परमेश्वर ।
द्रष्टु मिच्छामि ते रूप मैश्वरं पुरुषोत्तम ॥ 3 ॥

इसलिए हे परमेश्वर, जैसा कुछ आपने बताया है यदि वह सब वैसा ही है, हे पुरुषोत्तम, मैं आपके ऐश्वर्यशाली रूप को (अपनी आंखों से) देख चाहता हूं।

मन्यसे यदि तच्छक्यं मया द्रष्टुमिति प्रभो।
योगेश्वर ततो मे त्वं दर्शयात्मान मव्ययम्॥ 4।

हे प्रभो, यदि आप ऐसा मानते हैं कि मैं आपके इस ऐश्वर्यशाली रूप को देखने की सामर्थ्य रखता हूं तो हे योगेश्वर, आप मुझे अपने अविनाशी रूप को दिखाइए।

श्री भगवानुवाच —

पश्य मे पार्थ रूपाणि शतशोऽथ सहस्रशः।
नानाविधानि दिव्यानि नानावणकृतीनि च॥ 5॥

श्री भगवान् ने कहा, हे पार्थ, तू मेरे अनेक प्रकार के, अनेक रंग के और विभिन्न आकार वाले सैकड़ों और हज़ारों रूपों को देख!

पश्यादित्यान् वसून् रुद्रा नश्विनौ मरुतस्तथा।
बह्न्यदृष्टपूर्वाणि पश्याश्चयोणि भारत॥ 6॥

हे भारत, आदित्यों, वसुओं, रुद्रों, अश्विनी कुमारों और मरुतों को देख, और अनेक आश्चर्यजनक बातों को देख जो तूने पहले कभी न देखी होंगी।

इहैकस्थं जगत्कृत्स्नं पश्याद्य सचराचरम्।
मम देहे गुडाकेश यच्चान्यद्-द्रष्टु मिच्छसि॥ 7॥

हे गुडाकेश, तू आज यहां मेरे शरीर में स्थित चराचर सहित सारे जगत् को तथा और भी जो कुछ तू देखना चाहता हो मेरे देह में ही देख ले!

न तु मां शक्यसे द्रष्टु मनेनैव स्वचक्षुषा॥
दिव्यं ददामि ते चक्षुः पश्य मे योग मैश्वरम्॥ 8॥

लेकिन अपनी इन आंखों से मुझे देखने की सामर्थ्य तुझमें नहीं है, इसलिए मैं तुझे दिव्यदृष्टि देता हूं। उससे तू मेरी योगशक्ति को देख।

सञ्जय उवाच—

एवमुक्त्वा ततो राजन् महा-योगेश्वरो हरिः।

दर्शयामास पार्थाय परमं रूपमैश्वरम्॥ 9॥

संजय ने राजा धृतराष्ट्र को बताया, हे राजन! ऐसा कहकर महान योगेश्वर श्री हरि ने अपना विराट् रूप अर्जुन को दिखाया।

अनेक वक्त्र-नयन मनेकाद्भुत-दर्शनम्।

अनेक-दिव्याभरणं दिव्यानेकोद्यतायुधम्॥ 10॥

उस विराट् रूप के अनेक मुख और नेत्र थे और उसमें अनेक अद्भुत दृश्य दिखाई पड़ रहे थे।उस विराट् रूप ने अनेक दिव्य आभूषण धारण कर रखे थे और वह अनेक दिव्य शस्त्रास्त्रों से सुसज्जित था।

दिव्य-माल्याम्बर-धरं दिव्य-गन्धानुलेपनम्॥

सर्वाश्चर्य मयं देवं अनन्तं विश्वतोमुखम्॥ 11॥

उसने दिव्य मालाएं और दिव्य वस्त्र धारण कर रखे थे, उसने दिव्य गंध और दिव्य उबटन लगा रखे थे। वह सब आश्चर्यों से पूर्ण था। वह दिव्य और अनन्त था और वह सब दिशाओं की ओर मुख वाला था।

दिवि सूर्य-सहस्रस्य भवे युगप दुत्थिता।

यदि भाः सदृशी सा स्याद्भास स्तस्य महात्मनः॥ 12॥

यदि आकाश में एक हज़ार सूर्यों का प्रकाश एक साथ चमक उठे, तो वह शायद उस महान् दिव्य पुरुष की प्रभा की समता कर सके!

तत्रैकस्थं जगत्कृत्स्नं प्रविभक्त मनेकधा।

अपश्य देवदेवस्य शरीरे पाण्डव स्तदा॥ 13॥

तब अर्जुन ने वहां देवाधिदेव श्री कृष्ण के शरीर में अनेक रूपों में बंटे हुए ' सारे संसार को एक ही स्थान पर स्थित देखा।

ततः स विस्मयाविष्टो हृष्ट-रोमा धनञ्जयः।
प्रणम्य शिरसा देवं कृताञ्जलि रभाषत ॥ 14 ॥

उस विराट् रूप को देखकर अर्जुन हैरान रह गया और उसे रोमांच हो आया। उसने सिर झुकाकर श्री कृष्ण को प्रणाम किया और हाथ जोड़कर कहा,

अर्जुन उवाच—

पश्यामि देवांस्तव देव देहे सर्वास्तथा भूतविशेष-सङ्घान्।
ब्रह्माण मीशं कमलासनस्थ मृषींश्च सर्वा नुरगांश्च दिव्यान् ॥

अर्जुन बोला, हे देव, मैं आपके शरीर में सब देवताओं को, प्राणियों के अनेक समूहों को, कमल के आसन पर विराजमान देवताओं के स्वामी ब्रह्म को, सारे ऋषियों को और तेजस्वी नागों को देख रहा हूं।

अनेक-बाहूदर-वक्त्र-नेत्रं पश्यामि त्वां सर्वतोऽनन्तरूपम्।
नान्तं न मध्यं न पुनस्तवादिं पश्यामि विश्वेश्वर विश्वरूप ॥ 16 ॥

आपकी अनेक भुजाएं हैं, अनेक पेट हैं, अनेक मुख हैं और अनेक नेत्र हैं। मैं आपको ही चारों ओर अनन्त रूपों में देख रहा हूं। लेकिन हे विश्व के स्वामी, हे विश्वरूप मुझे कहीं भी आपका आदि, मध्य और अन्त दिखाई नहीं दे रहा है।

किरीटिनं गदिनं चक्रिणं च तेजोराशिं सर्वतो दीप्ति मन्तम्।
पश्यामि त्वां दुर्निरीक्ष्यं समन्ता दीप्तानलार्क-धूति मप्रमेयम् ॥

मैं आपको मुकुट, गदा और चक्र धारण किए हुए, सब ओर चमचमाते हुए तेज - पुंज के रूप में देख रहा हूं। आपको देख पाना कठिन है। आप हर प्रकार से धधकती हुई आग और चमकीले सूर्य के समान हैं तथा अनुपम हैं।

त्वमक्षरं परमं वेदितव्य त्वमस्य विश्वस्य परं निधानम्।
त्वमव्ययः शाश्वत-धर्म-गोप्ता सनातनस्त्वं पुरुषो मतो मे ॥ 18 ॥

आप जानने योग्य परम अक्षर हैं, आप ही इस विश्व के परम आधार हैं, आप ही अव्यय हैं और चिरकाल से चले आते हुए धर्म के अमर रक्षक हैं, मुझे तो लगता है कि आप ही सनातन पुरुष हैं।

अनादि-मध्यान्त मनन्त-वीर्यं मनन्त-बाहुं शशि-सूर्य-नेत्रम्।
पश्यामि त्वां दीप्त-हुताश-वक्त्रं स्वतेजसा विश्वमिदं तपन्तम्॥

जिसका न तो आदि है और न अन्त, न ही जिसका मध्य है, जिसके अनन्त बाहु हैं, चन्द्र और सूर्य जिसके नेत्र हैं, प्रज्वलित अग्नि जिसका मुख है, ऐसे अनन्त शक्तिमान् आप ही अपने तेज से इस समस्त जगत को तपा रहे हो; आपके इस रूप को मैं देख रहा हूं।

द्यावापृथिव्यो रिद मन्तरं हि व्याप्तं त्वयैकेन दिशश्च सर्वाः
दृष्ट्वाद्भुतं रूपमुग्रं तवेदं लोक-त्रयं प्रव्यथितं महात्मन्॥ 20॥

हे महात्मन्, आकाश और पृथ्वी के बीच की यह सारी जगह् और सभी दिशाएं आप अकेले से ही पूर्ण हैं। आपके इस अद्भुत और उग्र रूप को देखकर तीनों लोक डर से कांप रहे हैं।

अमी हि त्वां सुरसङ्घ विशन्ति केचि द्भीताः प्राञ्जलयो गृणन्ति।
स्वस्तीत्युक्त्वा महर्षि-सिद्ध-सङ्घाः स्तुवन्ति त्वां स्तुतिभिः
पुष्कलाभिः॥ 21॥

देवताओं के ये समूह आपमें ही समा रहे हैं, कुछ भय के कारण हाथ जोड़। कर प्रार्थना कर रहे हैं और महर्षियों और सिद्धों के समूह 'कल्याण हो - कल्याण हो' कहकर अनेक प्रकार के स्तोत्रों का पाठ करते हुए आपकी स्तुति कर रहे हैं।

रुद्रादित्या वसवो ये च साध्या विश्वेऽश्विनौ मरुतश्चोष्मपाश्च।
गन्धर्व-यक्षासुर-सिद्ध-सङ्घा वीक्षन्ते त्वां विस्मिताश्चैव सर्वे॥ 22॥

रुद्र, आदित्य, वसु, साध्यगण, विश्वेदेव, दोनों अश्विनी कुमार, मरुत,

पितर, गंधर्व, यक्ष, असुर और सिद्धों के समूह - ये सब - के - सब आश्चर्य से आपको देख रहे हैं।

रूपं महत्ते बहु-वक्त्र-नेत्रं महाबाहो बहु-बाहूरु पादम्।

बहूदरं बहु-दंष्ट्राकरालं दृष्ट्वा लोकाः प्रव्यथिता स्तथाहम् ॥ 23 ॥

हे महाबाहु, आपके इस महान् अनेक मुखों, आंखों, भुजाओं, जांघों, पैरों, उदरों और दाढ़ों के कारण भयानक दिखने वाले रूप को देखकर सभी को और स्वयं मुझे भी डर लग रहा है।

नभः-स्पृशं दीप्त मनेक-वर्णं व्यासाननं दीप्त-विशाल-नेत्रम्।

दृष्ट्वा हि त्वां प्रव्यथितान्तरात्मा धृतिं न विन्दामि शर्म च विष्णो ॥ 24 ॥

हे विष्णु, आकाश को छूने वाले, प्रकाशमान्, अनेक रंगों वाले और जबड़े फैलाये हुए, चमकीले विशाल नेत्रों वाले आपके रूप को देखकर मेरा अन्तरात्मा कांप उठा है, मेरा धीरज भी छूट गया है और मुझे शान्ति भी नहीं मिल पा रही है।

दंष्ट्राकरालानि च ते मुखानि दृष्ट्वैवाव कालानल-सन्निभानि।

दिशो न जाने न लभे च शर्म प्रसीद देवेश जगन्निवास ॥ 25 ॥

जब मैं आपकी विकराल दाढों और प्रलयकाल की अग्नि के समान मुख को देखता हूं तो मुझे न तो दिशाएं ही सूझ पड़ती हैं और नहीं मुझे शांति मिल पाती है। इसलिए हे जगन्निवास, हे देवेश, आप मुझ पर प्रसन्न हों। अर्थात् आप मुझे अपना वही रूप दिखाइए जिससे मैं प्रकृतिस्थ हो सकूं।

अमी च त्वां धृतराष्ट्रस्य पुत्राः सर्वे सहैवावनिपाल-सघैः।

भीष्मो द्रोणः सूतपुत्र स्तथासौ सहास्मदीयै रपि योधमुख्यैः ॥

वक्त्राणि ते त्वरमाणा विशन्ति दंष्ट्राकरालानि भयानकानि।

केचि-द्विलग्ना दशनान्तरेषु संदृश्यन्ते चूर्णितै रुत्तमाङ्गैः ॥ 27 ॥

उधर सब राजाओं के समूह सहित, धृतराष्ट्र के ये पुत्र भीष्म,

द्रोण, सूतपुत्र कर्ण और हमारे मुख्य योद्धा, विकराल दाढ़ों वाले आपके मुख में बड़ी तेजी से घुसे चले जा रहे हैं। उनमें से कितने ही, जिनके मस्तक चूर - चूर हो गये हैं, आपके दांतों के बीच में लगे हुए दिखाई दे रहे हैं।

यथा नदीनां बहवोऽम्बु-वेगाः समुद्रमेवाभिमुखा द्रवन्ति।
तथा तवामी नरलोक-वीरा विशन्ति वक्त्राण्यभिविज्वलन्ति॥

जिस प्रकार नदियों की विशाल जलधाराएं समुद्र की ओर दौड़ती चली जाती हैं, उसी प्रकार इस लोक के ये वीर आपके प्रज्वलित मुखों में घुसे चले जा रहे हैं।

यथा प्रदीप्तं ज्वलनं पतङ्गा विशन्ति नाशाय समृद्ध-वेगाः।
तथैव नाशाय विशन्ति लोका स्तवापि वक्त्राणि समृद्ध-वेगाः॥

जिस प्रकार पंतगे अपने नाश के लिए जलती हुई आग में बड़ी तेजी से प्रवेश करते हैं, वैसे ही ये लोग भी पूरे वेग से अपने नाश के लिए आपके मुख में प्रवेश कर रहे हैं।

लेलिह्यसे ग्रसमानः समन्ता ल्लोकान् समग्रान् वदनै ज्वलद्भिः।
तेजोभि रापूर्य जगत् समग्र भास स्तवोग्राः प्रतपन्ति विष्णो॥ 30

हे विष्णु, आप अपने दहकते हुए मुखों से सब ओर से सभी लोगों को। अपना ग्रास बनाते हुए (उनके रक्त से भीगे हुए अपने ओठों को) जीभ से बार - बार चाट रहे हैं। आपकी अग्नि पूर्ण किरणें अपने तेज से सारे संसार को भरपूर रूप से तपा रही हैं।

आख्याहि मे को भवा नुग्ररूपो नमोऽस्तु ते देववर प्रसीद।
विज्ञातु मिच्छामि भवन्त माद्यं न हि प्रजानामि तव प्रवृत्तिम्॥

मुझे बतलाइए कि इस उग्ररूप को धारण करने वाले आप कौन हैं? हे देवताओं में श्रेष्ठ, मैं आपको प्रणाम करता हूं। आप प्रसन्न हों, आप आदि

पुरुष के सम्बन्ध में मैं जानना चाहता हूं, क्योंकि आपके क्रिया

कलापों के बारे में मैं कुछ भी नहीं जानता।

श्रीभगवानुवाच—

कालोऽस्मि लोकक्षयकृत् प्रवृद्धो लोकान् समाहर्तु मिह प्रवृत्तः।
ऋतेऽपि त्वां न भविष्यन्ति सर्वे येऽवस्थिताः प्रत्यनीकेषु योधाः

श्री भगवान् बोले, लोकों को नष्ट करने वाला मैं विस्तृत देहधारी काल हूं। मैं यहां इन लोकों का दमन करने में लगा हुआ हूं। तु कुछ भी न करे फिर भी तेरे बिना ही परस्पर विरोधी सेनाओं में खड़े हुए ये योद्धा बचेंगे नहीं।

तस्मात् त्वम्मुत्तिष्ठ यशो लभस्व।
जित्वा शत्रून् भुङ्क्ष्व राज्यं समृद्धम्॥
मयैवैते निहताः पूर्वमेव निमित्त-मात्रं भव सव्यसाचिन्॥ 33॥

इसलिए हे सव्यसाची (अर्जन), तू उठ खडा हो, शत्रओं को मारकर यश प्राप्त कर और समृद्ध राज्य को भोगा। मैने इन्हें पहले ही मार डाला है, अब तो तू सिर्फ इनकी मृत्यु का कारण भर बन।

द्रोणं च भीष्मं च जयद्रथं च कर्णं तथान्यानपि योधवीरान्।
मया हतांस्त्वं जहि मा व्यथिष्ठा युध्यस्व जेतासि रणे सपत्नान्॥

मैं दोण, भीष्म, जयद्रथ और कर्ण तथा ऐसे ही और दूसरे वीर योद्धाओं को पहले ही मार चुका हूं, उन्हें तू मार,घबरा मत, युद्धकर, तू युद्ध में शत्रुओं को जीतेगा।

सञ्जय उवाच—

एतच्छ्रुत्वा वचनं केशवस्य कृताञ्जलि र्वेपमानः किरीटी।
नमस्कृत्वा भूय एवाह कृष्णं सगद्‌दं भीतभीतः प्रणम्य॥ 35॥

संजय ने कहा, केशव के इन वचनों को सुनकर अर्जुन कांप उठा, उसने हाथ जोड़कर कृष्ण को नमस्कार किया और फिर डरते - डरते प्रणाम करके कंधे " हुए कंठ से श्री कृष्ण से इस प्रकार कहने लगा।

अर्जुन उवाच—

स्थाने हृषीकेश तव प्रकीर्त्या जगत् प्रहृष्य त्यनुरज्यते च।
रक्षांसि भीतानि दिशो द्रवन्ति सर्वे नमस्यन्ति च सिद्धसङ्घः।।

हे हृषीकेश, सारा संसार आपके गुणों का गान करके प्रसन्न होता है, और उसमें लीन रहता है, राक्षस आपसे डर कर दशों दिशाओं में भाग जाते हैं और सिद्ध पुरुषों के समूह आपको नमस्कार करते हैं, यह ठीक ही है।

कस्माच्च ते न नमेरन् महात्मन् गरीयसे ब्रह्मणोऽप्यादिकर्त्रे।
अनन्त देवेश जगनिवास त्वमक्षरं सदम तत्परं यत् ॥37॥

हे महात्मन्, वे आपको नमस्कार क्यों न करें? आप तो आदि स्रष्टा ब्रह्म से भी महान हैं। हे अनंत, हे देवदेव, हे जगन्निवास, सत् और असत् आप ही हैं और इन दोनों से भी परे जो अक्षर है वह भी आप ही हैं।

त्वमादिदेवः पुरुषः पुराण स्त्वमस्य विश्वस्य पर निधानम्।
वेत्तासि वेद्यं च परं च धाम त्वया ततं विश्व मनन्तरूप ॥38॥

आप आदिदेव, पुरातन पुरुष, इस जगत् के परम आधार, सबके जानने वाले और जानने योग्य हैं तथा परमधाम भी आप ही हैं। हे अनंत रूप, आपने ही इस विश्व को व्याप्त कर रखा है। यह विश्व आपका ही विस्तार है।

वायु-यमोऽग्नि र्वरुणः शशाङ्कः प्रजापतिस्त्वं प्रपितामहश्च।
नमो नमस्तेऽस्तु सहस्रकृत्वः पुनश्च भूयोऽपि नमो नमस्ते ॥39॥

आप वायु, यम, अग्नि, वरुण, चन्द्रमा, प्रजापति और प्रपितामह (परदादा) हैं। आपको हज़ार बार नमस्कार है। और भी, बार - बार आपको बहुत - बहुत नमस्कार है।

नमः पुरस्ता-दथ पृष्ठतस्ते नमोऽस्तु ते सर्वत एव सर्व।
अनन्तवीर्यामित-विक्रमस्त्वं सर्वं समाप्नोषि ततोऽसि सर्वः ॥40॥

हे सर्वरूप, आगे - पीछे सभी ओर से बार - बार नमस्कार है। आप अनन्त शक्तिमान और असीम पराक्रम वाले हैं। आप जड़ - चेतन

सभी में समाये हुए हैं, इसीलिए आप सर्वरूप हैं।

सखेति मत्वा प्रसभ यदुक्तं हे कृष्ण हे यादव हे सखेति।
अजानता महिमानं तवेदं मया प्रमादात् प्रणयेन वापि ॥ 41 ॥
यच्चावहासार्थ मसत्कृतोऽसि विहार-शय्यासन-भोजनेषु।
एकोऽथवाप्यच्युत तत्समक्षं तत्क्षामये त्वामह मप्रमेयम् ॥ 42 ॥

आपकी उस महिमा को भली प्रकार न जानने के कारण आपको मित्र मानकर प्रमाद से या प्यार से मैंने आपको' हे कृष्ण, हे यादव, हे सखा' आदि जो कुछ भी कह डाला हो और हे अच्युत, आहार - विहार के समय अथवा सोते - जागते, अकेले में या दस लोगों के सामने हास - परिहास में मैंने आपका जो अपमान किया हो, उसके लिए मैं आपसे क्षमा मांगता हूं।

पितासि लोकस्य चराचरस्य त्वमस्य पूज्यश्च गुरु गरीयान्।
न त्वत्समोऽस्त्यभ्यधिकः कुतोऽन्यो लोकत्रयेऽप्यप्रतिम-प्रभाव ॥

हे अनुपम प्रभाव वाले, इस चराचर जगत् के पिता आप ही हैं, आप पूज्य हैं। और गुरु से भी बढ़कर हैं। तीनों लोकों में आपसे बढ़कर कोई कहां से होगा, जब आपके समान ही कोई दूसरा नहीं है!

तस्मात् प्रणम्य प्रणिधाय कायं प्रसादये त्वा मह मीश मीडयम्।
पितेव पुत्रस्य सखेव सख्युः प्रियः प्रियायाहसि देव सोढुम् ॥

आप स्तुति करने योग्य हैं और हर प्रकार से समर्थ हैं। इसलिए मैं दंडवत् प्रणाम करके आपसे प्रार्थना करता हूं कि आप प्रसन्न हों। जिस तरह पिता अपने पुत्र के और सखा अपने सखा के अपराध क्षमा करता है, उसी प्रकार हे देव, आप जैसे प्रेमी को चाहिए कि अपने प्रेमपात्र मुझ जैसे प्रिय के अपराध क्षमा कर दें।

अदृष्टपूर्वं हृषितोऽस्मि दृष्ट्वा भयेन च प्रव्यथितं मनो मे।
तदेव मे दर्शय देव रूपं प्रसीद देवेश जगन्निवास ॥45 ॥

मैंने जो रूप आज से पहले कभी नहीं देखा आपके उस रूप को

आज देखकर मैं प्रसन्न हो रहा हूं। साथ ही भय के कारण मेरा मन घबरा भी रहा है। इसलिए हे देव, हे जगन्निवास, मुझे तो आप अपना प्रसन्न रूप ही दिखाइए।

किरीटिनं गदिने चक्र-हस्त मिच्छामि त्वां द्रष्टुमहं तथैव।
तेनैव रूपेण चतुर्भुजेन सहस्रबाहो भव विश्वमूर्ते ॥ 46 ॥

मैं आपको पहले की भांति ही मुकुट धारण किये, हाथ में गदा और चक्र लिये देखना चाहता हूं। इसलिए हे सहस्र भुजावाले, हे विश्वमूर्त्ति, आप अपने उसी चतुर्भुज रूप में ही मेरे सामने प्रगट हों।

श्री भगवानुवाच —

मंया प्रसन्नेन तवाजुनेदं रूपं परं दर्शित मात्मयोगात् ॥
तेजोमयं विश्व मनन्त माद्यं यन्मे त्वदन्येन न दृष्टपूर्वम् ॥ 47 ॥

श्री भगवान बोले, हे अर्जुन, तुझपर प्रसन्न होकर यह तेजपूर्ण, अनंत, आदि और परम विश्वरूप अपनी योग - शक्ति से मैंने तुझे दिखलाया है। इसे तेरे सिवा और किसी ने पहले नहीं देखा है।

न वेद-यज्ञाध्ययनै र्न दानैर्न च क्रियाभिर्न तपोभिरुग्रैः।
एवंरूपः शक्य अहं नृलोके द्रष्टुं त्वदन्येन कुरुप्रवीर ॥48 ॥

हेकुरुकुल में श्रेष्ठ वीर, जो रूप तूने देखा है उस प्रकार के मेरे रूप को मनुष्य लोक में कोई भी वेद, यज्ञ,स्वाध्याय, दान, कर्म अथवा उग्रतप से भी नहीं देख सकता।

मा ते व्यथा मा च विमूढ-भावो दृष्ट्वा रूपं घोरमीदृङ्ममेदम्।
व्यपेतभीः प्रीतमनाः पुनस्त्वं तदेव मे रूपमिदं प्रपश्य ॥ 49 ।।

मेरे इस भयानक रूप को देखकर तु घबरा मत और किंकर्तव्यविमूढ़ भी मत बन! भय को छोड़कर और प्रसन्न चित्त होकर तू फिर से मेरे उसी पहले वाले रूप को भली प्रकार देख ले।

सञ्जय उवाच—

इत्यर्जुन वासुदेव स्तथोक्त्वा स्वकं रूपं दर्शयामास भूयः।
आश्वासयामास च भीतमेनं. भूत्वा पुनः सौभ्यवपु र्महात्मा ॥50॥

संजय ने कहा, अर्जुन से इस प्रकार कहकर वासुदेव भगवान् श्री कृष्ण ने फिर से अपना चतुर्भुज रूप दिखाया। इस तरह फिर सौम्य रूप धारण करके महान् आत्मा श्री कृष्ण ने भयभीत अर्जुन को धीरज बंधाया।

अजुन उवाच—

दृष्ट्वेदं मानुषं रूपं तव सौम्यं जनार्दन।
इदानीमस्मि संवृत्तः सचेताःप्रकृतिं गतः ॥51॥

अर्जुन ने कहा, हे जनार्दन, आपके इस सौम्य मनुष्य रूप को देखकर अब मैं सचेत हो गया हूं और अब मेरा मन भी ठिकाने आ गया है।

श्री भगवानुवाच—

सुदुर्दर्शमिदं रूपं दृष्ट्वानसि यन्मम।
देवा अप्यस्य रूपस्य नित्यं दर्शन-काङ्क्षिणः ॥ 52 ॥

श्री भगवान् बोले, मेरे जिस रूप को तूने देखा है, उसे देखपाना बहुत कठिन है। देवता भी इस रूप को देखने की सदा ही इच्छा किया करते हैं।

नाहं वेदैर्न तपसा न दानेन न चेज्यया।
शक्य एवं विधो द्रष्टुं दृष्टवानसि मां यथा ॥ ५३

जैसा तूने मुझे देखा है, वैसा मुझे वेदों से, तप से, दान से अथवा यज्ञ से भी कोई नहीं देख सकता।

भक्त्या त्वनन्यया शक्य अहमेवंविधोऽर्जुन।
ज्ञातुं द्रष्टुं च तत्वेन प्रवेष्टुं च परंतप ॥ ५४॥

हे अर्जुन, केवल अनन्य भक्ति से ही इस प्रकार मेरा ज्ञान होना संभव है। हे परंतप, मुझे देखना और मुझमें तत्त्व रूप से प्रवेश पाना भी

उसी प्रकार संभव है। तात्पर्य यह कि अनन्य भक्ति से ही भगवान को जाना जा सकता है और उसके साथ तादात्म्य हो सकता है।

मत्कर्मकृन्मत्परमो मद्भक्तः सङ्गवर्जितः ॥
निर्वैरः सर्वभूतेषु यः स मामेति पाण्डव ॥55 ॥

हे पांडव, जो सारे कर्म मुझे ही समर्पित करता है, जो मुझे अपना लक्ष्य मानता है, जो मेरी पूजा करता है, जो आसक्ति से रहित है, जो सब प्राणियों में वैर का भाव नहीं रखता वह प्राणी मुझे प्राप्त करता है।

इति श्रीमद्भगवद्गीतासूपनिषत्सु ब्रह्मविद्यायां योगशास्त्रे श्रीकृष्णार्जुनसंवादे विश्वरूपदर्शनयोगो नाम एकादशोऽध्यायः ॥

इस प्रकार श्री भगवान् के कहे हुए उपनिषद् में, ब्रह्मविद्या के अन्तर्गत कर्मयोग शास्त्र सम्बन्धी श्री कृष्ण और अर्जुन के संवाद में विश्वरूप दर्शनयोग नामक ग्यारहवां अध्याय समाप्त हुआ।

बारहवां अध्याय

(भक्तियोगः)

अर्जुन उवाच—

एवं सतत-युक्ता ये भक्तास्त्वां पर्युपासते।
ये चाप्यक्षर मव्यक्तं तेषां के योगवित्तमाः ॥ 1 ॥

अर्जुन ने कहा, इस प्रकार एक तो वे हैं जो निष्ठापूर्वक आपकी भक्ति में लगे रहते हैं, और दूसरे वे हैं जो अव्यक्त अक्षर की उपासना करते हैं। आप बताइए कि इन दोनों में से योग की जानकारी किसे अधिक है।

भी भगवानुवाच—

मय्यावेश्य मनो ये मां नित्ययुक्ता उपासते।
श्रद्धया परयोपेतास्ते मे युक्ततमा मताः ॥ 2 ॥

श्री भगवान ने कहा, जो परम श्रद्धा के साथ मुझमें मन लगाकर नित्य योगयुक्त होकर मेरी उपासना करते हैं, मेरे विचार में वे ही योग में सबसे अधिक। पूरे हैं।

ये त्वक्षर मनिर्देश्य मव्यक्तं पर्युपासते।
सर्वत्रग मचिन्त्यं च कूटस्थ मचलं ध्रुवम् ॥ 3 ॥

सन्नियम्येन्द्रियग्रामं सर्वत्र समबुद्धयः।
ते प्राप्नुवन्ति मामेव सर्वभूतहिते रताः ॥ 4 ॥

परन्तु जो पुरुष सभी इन्द्रियों को भली प्रकार वश में करके मन, बुद्धि से परे। सर्वव्यापी, कथन में न आने योग्य, सदा एकरस रहने वाले, नित्य, अचल, निराकार, अविनाशी, सच्चिदानंदघन ब्रह्म की निरंतर एकीभाव से ध्यान करते हुए उपासना करते हैं, वे सभी प्राणियों की भलाई में लगे हुए और सबमें समान भाव रखने वाले योगी भी मुझे ही प्राप्त करते हैं।

क्लेशोऽधिकतर स्तेषा मव्यक्तासक्त-चेतसाम्।
अव्यक्ता हि गतिर्दुःखं देहवद्भि रवाप्यते ॥ 5 ॥

फिर भी उनके चित्त क्योंकि अव्यक्त (जो स्पष्ट नहीं है) में लगे रहते हैं, इंसलिए उन्हें अधिक क्लेश होता है, क्योंकि देहधारी व्यक्तियों के लिए अव्यक्त की उपासना का मार्ग कष्टकारी तो है ही।

ये तु सर्वाणि कर्माणि मयि सन्न्यस्य मत्पराः।
अनन्येनैव योगेन मां ध्यायन्त उपासते ॥ 6 ॥

लेकिन जो लोग अपने सब कर्मों को मुझमें सौंपकर मेरे परायण होते हुए अनन्यभाव से मेरा ध्यान करके मेरी उपासना करते हैं,

तेषामहं समुद्धर्ता मृत्यु-संसार-सागरात्।
भवामि नचिरात् पार्थ मय्यावेशि-चेतसाम् ॥ 7 ॥

हे पार्थ, जो लोग अपने चित्त को मुझमें लगाते हैं, उन लोगों का मैं इस) मृत्युमय संसार - सागर से बिना किसी देर के उद्धार कर देता हूं।

मय्येव मन आधत्स्व मयि बुद्धिं निवेशय।
निवसिष्यसि मय्येव अत ऊर्ध्वं न संशयः ॥8 ॥

इसलिए तू अपना मन मुझमें ही लगा, अपनी बुद्धि को ही मुझमें स्थिरकर, इससे तू निश्चय ही मुझमें ही निवास करेगा।

अथ चित्तं समाधातुं न शक्नोषि मयि स्थिरम्।
अभ्यास-योगेन ततो मामिच्छाप्तुं धनञ्जय ॥9॥

हे धनंजय! यदि इस प्रकार तू अपने चित्त को मुझमें भली प्रकार स्थिर न रख सके तो अभ्यास द्वारा मुझे प्राप्त करने का यत्न कर।

अभ्यासेऽप्यसमर्थोऽसि मत्कर्म-परमो भव।
मदर्थमपि कर्माणि कुर्वन् सिद्धि मवाप्स्यसि ॥ 10 ॥

यदि अभ्यास द्वारा भी तू मुझे पाने में असमर्थ हो, तो तू मेरी सेवा को अपना लक्ष्य बना ले, मेरे लिए कर्म करता हुआ भी तू सिद्धि अर्थात पूर्णता को प्राप्त करेगा।

अथैत दप्यशक्तोऽसि कर्तुं मद्योग माश्रितः।
सर्वकर्म-फल-त्यागं ततः कुरु यतात्मवान् ॥ 11 ॥

और अगर तु मेरे लिए कर्म करने में भी समर्थ न हो तो मन को संयम में रखकर सब प्रकार के कर्मों के फल का त्याग कर दे।

श्रेयो हि ज्ञानमभ्यासा ज्ज्ञानाद्धयानं विशिष्यते।
ध्यानात् कर्मफलत्याग स्त्यागा च्छान्ति रनन्तरम् ॥12॥

अभ्यास से ज्ञान अच्छा है, ज्ञान से ध्यान अच्छा है और ध्यान से कर्मफल का त्याग श्रेष्ठ है, क्योंकि त्याग से तुरन्त शान्ति प्राप्त होती है।

अद्वेष्टा सर्वभूतानां मैत्रः करुण एव च।
निर्ममो निरहङ्कारः सम-दुःखसुखः क्षमी ॥ 13 ॥

इस प्रकार शान्ति को प्राप्त करने वाला जो पुरुष किसी प्राणी से भी द्वेषभाव नहीं रखता, जो सबका मित्र है, सबके प्रति करुणाभाव रखता है, जो किसी से किसी प्रकार की ममता नहीं रखता, जो अहंकार - हीन है, सुख - दुः ख में। समान भाव रखता है और क्षमाशील है,

संतुष्टः सततं योगी यतात्मा दृढनिश्चयः।

मय्यर्पित मनो बुद्धियों मद्भक्तः स मे प्रियः ॥ 14 ॥

जो संतुष्ट है, निरंतर योग में लीन है, अपने आपको वश में रखता है और दृढ़ निश्चय वाला है और जिसने अपने मन और बुद्धि को मुझमें अर्पित कर दिया है,) ऐसा व्यक्ति मेरा भक्त है और वह मुझे बहुत प्रिय है।

यस्मा भोद्विजते लोको लोको नोद्विजते च यः।

हर्षामर्ष भयोद्वेगै मुक्तो यः स च मे प्रियः ॥ 15 ॥

जिससे न तो लोगों को क्लेश होता है और जो स्वयं भी लोगों से क्लेश नहीं पाता है और जो आनंद, क्रोध, भय तथा विषाद से रहित है, वही मुझे प्रिय है।

अनपेक्षः शुचि र्दक्ष उदासीनो गतव्यथः।

सर्वारम्भ-परित्यागी यो मद्भक्तः स मे प्रियः ॥ 16 ॥

जो किसी से किसी प्रकार की आशा नहीं रखता, जो शुद्ध,कार्यकुशल है, उदासीन है, शोकरहित है और जिसने कर्मफल के लिए किये जाने वाले उपभोग छोड़ दिये हैं वही मेरा भक्त है, मुझे प्रिय है।

यो न हृष्यति न द्वेष्टि न शोचति न काङ्क्षति।

शुभाशुभ-परित्यागी भक्तिमान् यः स मे प्रियः ॥ 17 ॥

जो न तो, हर्ष करता है, न द्वेष करता है, न शोक करता है, न किसी बात की चाह रखता है, जिसने शुभ - अशुभ सब प्रकार के कर्मफल का त्याग कर दिया है वह मेरा भक्त है और मुझे प्रिय है।

समः शत्रौ च मित्रे च तथा मानापमानयोः।

शीतोष्ण-सुखदुःखेषु समः सङ्ग-विवर्जितः ॥ 18 ॥

और जो पुरुष मित्र तथा शत्रु दोनों को समान भाव से देखता है, मान -अपमान में एक जैसा व्यवहार करता है, सर्दी - गर्मी, सुख - दुः ख में समान 3 भाव से रहता है और सब प्रकार की आसक्तियों से रहित है,

तुल्य-निन्दा-स्तुति मनी संतुष्टो येन केनचित्।
अनिकेतः स्थिरमति र्भक्तिमान् मे प्रियो नरः ॥ 19 ॥

जिसे निन्दा और स्तुति दोनों एक समान हैं, जो कम बोलता है, जो हर दशा में संतुष्ट रहता है, जो घर बनाकर रहना पसन्द नहीं करता, जिसकी बुद्धि स्थिर है, वह भक्तिमान पुरुष मुझे प्रिये है।

ये तु धर्म्यामृत मिदं यथोक्तं पर्युपासते।
श्रद्दधाना मत्परमा भक्तास्तेऽतीव मे प्रियाः ॥ 20 ॥

ऊपर बतलाये हुए इस अमृत के समान धर्म का जो मेरे परायण होते हुए श्रद्धा पूर्वक पालन करते हैं, वे भक्त मुझे बहुत ही प्रिय हैं।

इति श्रीमद्भगवद्गीतासूपनिषत्सु ब्रह्मविद्यायां योगशाले
श्रीकृष्णार्जुनसंवादे भक्तियोगो नाम
द्वादशोऽध्यायः ॥

इस प्रकार श्री भगवान् के द्वारा कहे गये उपनिषद् में ब्रह्मविधा के अन्तर्गत कर्मयोग शास्त्र सम्बन्धी श्री कृष्ण और अर्जुन के सम्वाद में भक्तियोग नामक बारहवां अध्याय समाप्त हुआ।

तेरहवां अध्याय

(क्षेत्रक्षेत्रज्ञविभागयोगः)

श्री भगवानुवाच—

इदं शरीरं कौन्तेय क्षेत्र मित्यभिधीयते।

एतद्यो वेत्ति तं प्राहुः क्षेत्रज्ञ इति तद्विदः ॥ 1 ॥

श्री भगवान् बोले, हे कौन्तेय, इस शरीर को क्षेत्र कहते हैं, इसे जानने वाले को क्षेत्रज्ञ। तत्त्व के जानने वालों का ऐसा ही कहना है।

क्षेत्रज्ञं चापि मां विद्धि सर्वक्षेत्रेषु भारत।

क्षेत्र-क्षेत्रज्ञयो ज्ञानं यत्तज्ज्ञानं मतं मम ॥ 2 ॥

हे भारत, तू मुझे ही सारे क्षेत्रों का क्षेत्रज्ञ समझ। मेरे विचार में क्षेत्र - क्षेत्रज्ञ का ज्ञान प्राप्त कर लेना ही सच्चा ज्ञान है।

तत्क्षेत्रं यच्च यादृक्च यद्विकारि यतश्च यत्।

स च यो यत्प्रभावश्च तत्समासेन मे शृणु ॥ 3 ॥

सुन, संक्षेप में मैं तुझे बताता हूं कि क्षेत्र क्या है, वह किस प्रकार का है, उसमें ' क्या - क्या परिवर्तन होते हैं, वह कहां से आया है! और यह भी बताता हूं कि क्षेत्रज्ञ क्या है और उसका प्रभाव क्या - क्या है?

ऋषिभि र्बहुधा गीतं छन्दोभि र्विविधैः पृथक्।
ब्रह्मसूत्र-पदैश्चैव हेतुमद्भि र्विनिश्चितैः ॥ 4 ॥

क्षेत्र और क्षेत्रज्ञ के स्वरूप का वर्णन ऋषियों ने अनेक प्रकार से किया है तरह- तरह के गीतों और छन्दों में अलग - अलग ढंग से इसकी व्याख्या की गई है। और इसी प्रकार की व्याख्या निश्चित अर्थ और तर्क वाले ब्रह्मसुत्र के पदों द्वारा भी की गई है।

महाभूता न्यहङ्कारो बुद्धि व्यक्त मेव च।
इन्द्रियाणि दशैकं च पञ्च चेन्द्रिय-गोचराः ॥ 5 ॥
इच्छा द्वेषः सुखं दुःखं सङ्घतश्चेतना धृतिः।
एतत् क्षेत्रं समासेन सविकार-मुदाहृतम् ॥ 6 ॥

पृथ्वी, जल, आकाश, वायु और अग्नि ये पांच महाभूत, अहंकार, बुद्धि, अव्यक्त, दस इन्द्रियां, मन,पांचइन्द्रियों के पांच विषय (शब्द, स्पर्श, रस, रूप और गंध), इच्छ, द्वेष, सुख, दुः ख,स्थूल देह का पिंड,चेतना और धैर्य इन ३१ तत्त्वों के समुदाय को सविकार क्षेत्र कहते हैं।

अमानित्व मदम्भित्व महिंसा शान्ति रार्जवम्।
आचार्योपासनं शौचं स्थैर्य मात्म विनिग्रहः ॥ 7 ॥

मानहीनता, दंभहीनता, अहिंसा, क्षमा, सरलता, गुरुसेवा, शुद्धि, स्थिरता और भली प्रकार मन का नियंत्रण,

इन्द्रियार्थेषु वैराग्य-मनहार एव च।
जन्म-मृत्यु-जरा-व्याधि-दुःख-दोषानुदर्शनम् ॥ 8 ॥

इन्द्रियों के विषयों में विराग, अहंकारहीनता और जन्म, मृत्यु, बुढ़ापा, रोग एवं दुःखों को दोष मानकर बार - बार उनपर नजर रखना,

असक्ति रनभिष्वङ्गः पुत्र-दार-गृहादिषु।
नित्यं च समचित्तत्व मिष्टानिष्टोपपत्तिषु ॥ 9 ॥

कर्म में अनासक्ति, पुत्र स्त्री घर आदि में मोह - ममता न रखना, इष्ट और अनिष्ट की प्राप्ति में चित्त को एक समान रखना,

मयि चानन्ययोगेन भक्ति व्यभिचारिणी।
विविक्तदेश-सेवित्व मरति जनसंसदि॥ 10॥

और मुझमें अनन्य भाव से अटल भक्ति,एकांत स्थान में रहना, भीड़भाड़ से (दूर रहना,

अध्यात्म-ज्ञाननित्यत्वं तत्त्वज्ञानार्थ-दर्शनम्।
एतज्ज्ञानमिति प्रोक्त मज्ञानं यदतोऽन्यथा॥ 11॥

नित्यप्रति अध्यात्मज्ञान में लगे रहना, तत्त्वज्ञान के अर्थ को समझना— ये सारी बातें ज्ञान कही गई हैं; इसके विपरीत जो कुछ है, उसे अज्ञान कहा गया है।

ज्ञेयं यत्तत् प्रवक्ष्यामि यज्ज्ञात्वामृत मश्नुते।
अनादिमत् परं ब्रह्म न सत्त न्नासदुच्यते॥ 12॥

जिसको जान लेने से अमरता प्राप्त होती है और जो जानने योग्य है, अब मैं तुझे उसके बारे में बताता हूं वह अनादि है, पर ब्रह्म है और जिसके लिए कहा गया है कि वह न सत् है न असत् है।

सर्वतः पाणिपादं तत् सर्वतोऽधिशिरो-मुखम्।
सर्वतः श्रुतिम ल्लोके सर्व मावृत्य तिष्ठति॥ 13॥

उसके सब ओर हाथ - पैर हैं, सब ओर आंखें, सिर और मुख हैं, सब ओर कान हैं और वही इस लोक में सबको ढक कर स्थित है।

सर्वेन्द्रिय-गुणाभा्सं सर्वेन्द्रिय-विवर्जितम्।
असक्तं सर्वभृच्चैव निर्गुणं गुणभोक्तृ च॥ 14॥

वह ऐसा लगता है जैसे उसमें सब इन्द्रियों के गुण मौजूद हैं, लेकिन उसके , कोई भी इन्द्रिय नहीं है, वह सबसे अलग होकर भी सबको संभाले हुए है, वह निर्गुण होने पर भी गुणों का उपभोग करता है।

बहिरन्तश्च भूताना मचरं चरमेव च।
सूक्ष्मत्वा सदविज्ञेयं दूरस्थं चान्तिके च तत्॥ 15॥

वह सब प्राणियों के भीतर भी है और बाहर भी है। वह अचल भी है और चल भी है, वह इतना सूक्ष्म है कि उसे जाना नहीं जा सकता, वह बहुत दूर भी है और पास भी है।

अविभक्तं च भूतेषु विभक्त मिव च स्थितम्।
भूतभतृ च तज्ज्ञेयं ग्रसिष्णु प्रभविष्णु च॥ 16॥

वह अखंडित होकर भी सब प्राणियों में होने के कारण विभक्त हुआ सा जान पड़ता है, सब प्राणियों को पालन करने वाला, ग्रसने वाला और उत्पन्न करने वाला भी उसे ही समझना चाहिए।

ज्योतिषामपि तज्ज्योति स्तमसः पर मुच्यते।
ज्ञानं ज्ञेयं ज्ञानगम्यं हृदि सर्वस्य विष्टितम्॥ 17॥

वह ज्योतियों की भी ज्योति है, वह अंधकार से परे भीकहाजाता है। वह ज्ञान है, ज्ञेय (जानने योग्य) है, ज्ञान-गम्य (ज्ञान द्वारा जाना जाने वाला) है और वही सबके हृदय में स्थित है।

इति क्षेत्र तथा ज्ञानं ज्ञेयं चोक्तं समासतः।
मद्भक्त एतद्विज्ञाय मद्भावायोपपद्यते॥ 18॥

इस प्रकार क्षेत्र, ज्ञान और ज्ञेय के बारे में मैंने संक्षेप में बता दिया है। मेरा भक्त उसे जानकर मेरे स्वरूप को प्राप्त करता है।

प्रकृतिं पुरुषं चैव विद्धयनादी उभावपि।
विकारांश्च गुणश्चैव विद्धि प्रकृति-संभवान्॥ 19॥।

प्रकृति और पुरुष इन दोनों को ही तू अनादि समझ। और यह भी समझ ले कि विकार और गुण सब प्रकृति से ही उत्पन्न हैं।

कार्य-कारण-कर्तृत्वे हेतुः प्रकृति रुच्यते।
पुरुषः सुखदुःखानां भोक्तृत्वे हेतुरुच्यते ॥ 20 ॥

कार्य और कारण के कर्त्तापन में प्रकृति को हेतु कहा जाता है और सुख - दुः ख के भोग में पुरुष हेतु कहलाता है।

नोटः — दस इंद्रियां, एक मन और इन्द्रियों के पांच विषय इन सोलह को कार्य कहते हैं, क्योंकि ये सब दूसरों के कार्य हैं, स्वयं किसी के कारण नहीं हैं। बुद्धि, अहंकार, पांच सूक्ष्म महाभूत ये सात कारण कहलाते हैं, क्योंकि बुद्धि अहंकार का कारण है, अहंकार मन, इन्द्रियां और पंचमहाभूतों का कारण हैं तथा पंचमहाभूत पांच इन्द्रियों के विषयों के कारण हैं।

आगे के श्लोक से इस श्लोक की गुत्थी खुलेगी। अतः दोनों को सावधानी से समझना चाहिए।

पुरुषः प्रकृतिस्थो हि भुङ्क्ते प्रकृतिजान्-गुणान्।
कारणं गुणसङ्गोऽस्य सदसद्योनि-जन्मसु ॥ 21 ॥

पुरुष प्रकृति में स्थित हुआ ही प्रकृति से उत्पन्न गुणों को भोगता है और गुणों का संग ही उसके अच्छी - बुरी योनियों में जन्म का कारण होता है।

उपद्रष्टानुमन्ता च भर्ता भोक्ता महेश्वरः।
परमात्मेति चाप्युक्तो देहेऽस्मिन् पुरुषः परः ॥ 22 ॥

इस देह में स्थित जो परम पुरुष है वह सबका साक्षी,अनुमति देने वाला, भर्ता, भोक्ता, परमेश्वर और परमात्मा कहलाता है।

य एवं वेत्ति पुरुषं प्रकृतिं च गुणैः सह।
सर्वथा वर्तमानोऽपि न स भूयोऽभिजायते ॥ 23 ॥

जो इस पुरुष को और गुणों सहित प्रकृति को जानता है, वह कैसा ही व्यवहार क्यों न किया करे, वह पुनर्जन्म नहीं लेता।

ध्यानेनात्मनि पश्यन्ति केचि दात्मान मात्मना।
अन्ये सांख्येन योगेन कर्मयोगेन चापरे ॥ 24 ॥

कुछ लोग स्वयं अपने आपमें ही ध्यान से आत्मा को देखते हैं, कितने ही सांख्ययोग के द्वारा और कोई कर्मयोग के द्वारा आत्मा का दर्शन करते हैं।

अन्ये त्वेव मजानन्तः श्रुत्वान्येभ्य उपासते।
तेऽपि चातितरन्त्येव मृत्युं श्रुति-परायणाः ॥ 25 ॥

परन्तु इस विधि से भी जिन्हें अपने आप ज्ञान नहीं होता, वे दूसरे से सुनकर श्रद्धापूर्वक भगवान का भजन करते हैं। सुनी हुई बात को प्रमाण मानकर चलने वाले व्यक्ति भी मृत्यु को पार कर जाते हैं।

यावत् संजायते किञ्चित् सत्त्वां स्थावर-जङ्गमम्।
क्षेत्र-क्षेत्रज्ञ-संयोगा त्तद्विद्धि भरतर्षभ ॥ 26 ॥

हे भरतश्रेष्ठ, तू यह बात जान ले कि जो भी जड़ - चेतन वस्तु उत्पन्न हुई है, वह क्षेत्र और क्षेत्रज्ञ के संयोग से ही उत्पन्न हुई है।

समं सर्वेषु भूतेषु तिष्ठन्तं परमेश्वरम्।
विनश्यत्स्वविनश्यन्तं यः पश्यति स पश्यति ॥ 27 ॥

इस प्रकार जानकर, जो मनुष्य सारे नाशवान् प्राणियों में अविनाशी परमेश्वर को समान भाव से स्थित देखता है, समझो कि सही रूप से वही देखता है, उसी का देखना सार्थक है।

समं पश्यन्हि सर्वत्र समवस्थित मीश्वरम्।
न हिनस्त्यात्मनात्मानं ततो याति परां गतिम् ॥ 28 ॥

क्योंकि ईश्वर को सब जगह एक समान व्याप्त समझकर वह पुरूष अपने आप ही अपना हनन नहीं करता, अतः वह परमगति को प्राप्त होता है।

प्रकृत्यैव च कर्माणि क्रियमाणानि सर्वशः।
यः पश्यति तथात्मान मकर्तारं स पश्यति ॥ 29 ॥

जिसने यह जान लिया कि सब कर्म सब प्रकार से केवल प्रकृति से ही किये जाते हैं और आत्मा कुछ भी नहीं करता, कहना चाहिए कि उसने तत्त्व को पहचान लिया।

यदा भूत पृथग्भाव मेकस्थ मनुपश्यति।
तत एव च विस्तारं ब्रह्म संपद्यते तदा ॥ 30 ॥

जब वह इस बात को देख लेता है कि सब प्राणियों की अलग - अलग स्थिति उस एक में ही केन्द्रित और उसमें से ही सब प्राणियों का विस्तार होता है, तब वह ब्रह्म को प्राप्त कर लेता है।

अनादित्वा न्निर्गुणत्वात् परमात्माय मव्ययः।
शरीरस्थोऽपि कौन्तेय न करोति न लिप्यते ॥ 31 ॥

हे कौन्तेय, अनादि और निर्गुण होने के कारण यह अव्यक्त परमात्मा शरीर में रहकर भी कुछ करता धरता नहीं है, और उसे कोई भी कर्म नहीं बांधता।

यथा सर्वगतं सौम्या दाकाशं नोपलिप्यते।
सर्वत्रावस्थितो देहे तथात्मा नोपलिप्यते ॥ 32 ॥

जैसे आकाश सारी वस्तुओं से संयुक्त होने पर भी सूक्ष्म होने के कारण सब वस्तुओं के स्वभावों से लिप्त नहीं होता, वैसे ही आत्मा अत्यन्त सूक्ष्म होने के कारण सर्वत्र समस्त शरीरों में स्थित होता हुआ भी उनमें लिप्त नहीं होता।

यथा प्रकाशयत्येकः कृत्स्नं लोक मिमं रविः।
क्षेत्र क्षेत्री तथा कृत्स्नं प्रकाशयति भारत ॥33 ॥

हे भारत, जैसे एक ही सूर्य इस समस्त लोक को प्रकाशित करता है, वैसे ही क्षेत्रज्ञ समस्त क्षेत्र को प्रकाशित करता है।

क्षेत्र-क्षेत्रज्ञयो रेव मन्तरं ज्ञान-चक्षुषा।
भूत-प्रकृति-मोक्षं च ये विदु र्यान्ति ते परम् ॥ 34 ॥

इस प्रकार ज्ञानरूपी नेत्रों से क्षेत्र और क्षेत्रज्ञ के भेद को तथा सब प्राणियों की मूलप्रकृति के मोक्ष को जो जान लेते हैं, वे परम ब्रह्म को प्राप्त होते हैं।

इति श्रीमद्भगवद्गीतासूपनिषत्सु ब्रह्मविद्यायां योगशास्त्रे श्रीकृष्णार्जुनसंवादे क्षेत्रक्षेत्रज्ञविभागयोगो नाम त्रयोदशोऽध्यायः ॥

इस प्रकार श्री भगवान् के द्वारा कहे गये उपनिषद् में ब्रह्मविधा के अन्तर्गत कर्मयोग शास्त्र सम्बन्धी श्री कृष्ण और अर्जुन के संवाद में क्षेत्र - क्षेत्रज्ञ - विभागयोग नामक तेरहवां अध्याय समाप्त हुआ।

चौदहवां अध्याय

(गुणत्रयविभागयोगः)

भी भगवानुवाच—

परं भूयः प्रवक्ष्यामि ज्ञानानां ज्ञान मुत्तमम्।
यज्ज्ञात्वा मुनयः सर्वे परां सिद्धि मितो गताः ॥ 1 ॥

श्री भगवान् ने कहा, और फिर मैं तुझे सब ज्ञानों में उत्तमज्ञान बतलाता हूं, जिसको जानकर सब मुनि इस संसार से छुटकारा पाकर परम सिद्धि को पा चुके हैं।

इदं ज्ञान मुपाश्रित्य मम साधम्य मागताः।
सर्गेऽपि नोपजायन्ते प्रलये न व्यथन्ति च ॥ 2 ॥

इस ज्ञान का आश्रय लेकर मुझसे एकरूपता प्राप्त किये हुए लोग सष्टि के - उत्पत्तिकाल में भी न तो जन्म लेते हैं और नहीं प्रलय के समय भी दुः खी होते हैं। अर्थात् जन्म - मरण से छुटकारा पा जाते हैं।

मम योनि मेहहु तस्मिन् गर्भं दधाम्यहम्।
संभवः सर्वभूतानां ततो भवति भारत ॥ 3 ॥

हे भारत, महद्ब्रह्म अर्थात् प्रकृति मेरी ही योनि है, मैं उसमें गर्भ की स्थापना करता हूं, फिर उससे संपूर्ण जड़ - चेतन समुदाय की उत्पत्ति होती है।

सर्वयोनिषु कौन्तेय मूर्तयः संभवन्ति याः।
तासां ब्रह्म मह योनिरहं बीज-प्रदः पिता॥ 4॥

हे कौन्तेय, सारी योनियों में जो मूर्तियां जन्म लेती हैं, उन सबकी योनि महद् ब्रहम अर्थात् प्रकृति है और मैं बीज का दान करने वाला पिता हूं। प्रकृति और पुरुष के संयोग से ही समस्त सृष्टि की रचना होती है।

सत्त्वं रजस्तम इति गुणाः प्रकृति-संभवाः।
निबध्नन्ति महाबाहो दैहे देहिन मव्ययम्॥ 5॥

हे महाबाहु, सत्त्व, रज और तम ये तीन गुण प्रकृति से उत्पन्न हुए हैं और ये अनश्वर आत्मा को देह में बांधकर रखते हैं।

तत्र सत्त्वं निर्मलत्वात् प्रकाशक मनामयम्।
सुखसङ्गेन बध्नाति ज्ञान-सङ्गेन चानघ॥ 6॥

हे अनघ (अघ अर्थात् पाप रहित) , इनमें से सत्त्व गुण विशुद्ध होने के कारण प्रकाश और स्वास्थ्य का कारण है, अतः आनंद और ज्ञान के प्रति आसक्ति के कारण जीवात्मा को बांधता है।

रजो रागात्मकं विद्धि तृष्णा-सङ्ग-समुद्भवम्॥
तन्निबध्नाति कौन्तेय कर्मसङ्गेन देहिनम्॥ 7॥

हे कौन्तेय, तू यह समझ ले कि रजोगुण रागात्मक है, जो लोभ और आसक्ति से उत्पन्न होता है, अतः यह जीवात्मा को कर्म के प्रति आसक्ति से जकड़कर रखता है॥

तमस्त्वज्ञानजं विद्धि मोहनं सर्वदेहिनाम्।
प्रमादालस्य-निद्राभि स्तन्निबन्नाति भारत॥ 8॥

हे भारत, तू यह जान ले कि तमोगुण अज्ञान से उत्पन्न होता है और सब

प्राणियों को मोह में डालता है, अतः यह प्रमाद, आलस्य और निद्रा द्वारा जीवात्मा को बंधन में डालता है।

सत्त्वं सुखे सञ्जयति रजः कर्मणि भारत।
ज्ञान मावृत्य तु तमः प्रमादे सञ्जयत्युत॥ 9॥

हे भारत, सत्त्वगुण मनुष्य को सुख में और रजो गुण कर्म में लगाता है, परन्तु तमोगुण ज्ञान को ढककर प्रमाद की ओर ले जाता है।

रजस्तमश्चाभिभूय सत्त्वं भवति भारत।
रजः सत्त्वं तमश्चैव तमः सत्त्वं रजस्तथा॥ 10॥

हे भारत, सत्त्वगुण रजस् और तमस् को दबाकर उनपर विजयी होता है, रजोगुण सत्त्व और तमस को दबाकर उनपर विजयी होता है, इसी प्रकार तमोगुण सत्त्व और रजस को दबाकर उनपर विजयी होता है।

सर्वद्वारेषु देहेऽस्मिन् प्रकाश उपजायते।
ज्ञानं यदा तदा विद्या द्विवृद्धं सत्त्वमित्युत॥ 11॥

जब ज्ञान का प्रकाश शरीर के सब द्वारों (इन्द्रियों) से बाहर फूटने लगता है, तब ऐसा समझो कि इस शरीर में सत्त्वगुण बढ़ रहा है।

लोभः प्रवृत्ति रारम्भः कर्मणा मशमः स्पृहा।
रजस्येतानि. जायन्ते विवृद्धे भरतर्षभ॥ 12॥

हे भरत श्रेष्ठ, लोभ प्रवृति, कर्मों का आरंभ, अशान्ति और वस्तुओं के प्रति लालसा ये सब रजोगुण के बढ़ने पर उत्पन्न होते हैं।

अप्रकाशोऽप्रवृत्तिश्च प्रमादो मोह एव च।
तमस्येतानि जायन्ते विवृद्धे कुरुनन्दन॥ 13॥

हे कुरुनंदन, अंधकार, आलस्य, प्रमाद और मोह - ये सब तमोगुण के बढ़ने पर उत्पन्न होते हैं।

यदा सत्त्वे प्रवृद्धे तु प्रलयं याति देहभृत्।
तदोत्तमविदां लोका नमलान् प्रतिपद्यते ॥ 14 ॥

सतोगुणों की वृद्धि के समय यदि जीवात्मा की मृत्यु हो जाए तो वह आत्मज्ञानियों के निर्मल लोक को प्राप्त करता है।

रजसि प्रलयं गत्वा कर्मसङ्गिषु जायते।
तथा प्रलीन स्तमसि मूढ योनिषु जायते ॥ 15 ॥

रजोगुण की प्रबलता के समय मरे तो कर्म में आसक्त रहने वाले लोगों के बीच जन्म लेता है और तमोगुण की वृद्धि के समय मरे तो मूढयोनियों (पशु - पक्षी आदि) में जन्म लेता है।

कर्मणः सुकृतस्याहुः सात्त्विकं निर्मलं फलम्।
रजसस्तु फलं दुःख मज्ञानं तमसः फलम् ॥ 16 ॥

कहा गया है कि सात्त्विक कर्म का फल सतोगुणी और निर्मल होता है, रजोगुण का फल दुः ख तथा तमोगुण का फल अज्ञान होता है।

सत्त्वात् सञ्जायते ज्ञान रजसो लोभ एव च।
प्रमोद मोहौ तमसो भवतोऽज्ञानमेव च ॥ 17 ॥

सत्त्व गुण से ज्ञान उत्पन्न होता है, रजो गुण से लोभ जन्म लेता है, इसी प्रकार तमोगुण से प्रमाद, मोह और अज्ञान पैदा होते हैं।

ऊर्ध्व गच्छन्ति सत्त्वस्था मध्ये तिष्ठन्ति राजसाः।
जघन्य-गुण-वृत्तिस्था अधोगच्छन्ति तामसाः ॥ 18 ॥

सत्त्वगुण में स्थित पुरुष ऊपर को जाते हैं, रजोगुणी बीच में ठहरे रहते हैं और निकृष्ट गुणों की वृत्तियों में स्थित तमोगुणी नीचे की ओर जाते हैं।

नान्यं गुणेभ्यः कर्तारं यदा द्रष्टानुपश्यति।
गुणेभ्यश्च परं वेत्ति महावं सोऽधिगच्छति ॥ 19 ॥

जब देखने वाला इन गुणों के अतिरिक्त अन्य किसी कर्ता को नहीं देखता और उसको भी जान लेता है जो इन गुणों से परे है, तब वह मेरे स्वरूप को प्राप्त होता है।

गुणानेता नतीत्य त्रीन् देही देहसमुद्भवान्।
जन्म-मृत्यु-जरादुःखै विंमुक्तोऽमृतमश्नुते ॥ 20 ॥

यह जीवात्मा शरीर (प्रकृति) से उत्पन्न इन तीनों गुणों को लांघकर जन्म - मरण और वृद्धावस्था के दुःखों से मुक्त होकर अमृत अर्थात् मोक्ष का अनुभव करता है।

अर्जुन उवाच—

कैलिङ्गै स्त्रीन्गुणा नेता नतीतो भवति प्रभो।
किमाचारः कथं चैतांस्त्रीन् गुणा नतिवर्तते ॥ 21 ॥

अर्जुन ने कहा, हे प्रभो! किन लक्षणों से यह जाना जाय कि वह इन तीन गुणों के पार चला जाता है? वह किस आचरण वाला होता है और वह कैसे इन तीनों गुणों को लांघता है?

भी भगवानुवाच—

प्रकाशं च प्रवृत्ति च मोहमेव च पाण्डव।
न द्वेष्टि संप्रवृत्तानि न निवृत्तानि काङ्क्षति ॥ 22 ॥

श्री भगवान् ने कहा, हे पांडव! जो पुरुष प्रकाश, प्रवृति और मोह (सत्त्व, रज और तम के कार्य या फल) होने पर उनसे द्वेष नहीं करता और प्राप्त न हों तो उनकी आकांक्षा नहीं रखता,

उदासीनव दासीनो गुणैयों न विचाल्यते।
गुणा वर्तन्त इत्येव योऽवतिष्ठति नेङ्गते ॥ 23 ॥

जो कर्मफल के सम्बन्ध में उदासीन - सा रहता है, तीनों गुण जिसे विचलित नहीं कर सकते, जो इतना ही मानकर स्थिर रहता है कि गुण अपना - अपना काम करते हैं, जो विकार ग्रस्त नहीं होता है,

समदुःखसुखः स्वस्थः सम-लोष्टाश्म-काञ्चनः।
तुल्यप्रियाप्रियो धीर स्तुल्यनिन्दात्म-संस्तुतिः ॥ 24 ॥

जिसे सुख - दुः ख एक से ही हैं, जो अपने में ही स्थित है, मिट्टी, पत्थर और सोना जिसे एक समान हैं, प्रिय - अप्रिय, निन्दा - स्तुति में जो एक जैसा अनुभव करता है, जो सदा धैर्यवान् है,

मानापमानयो स्तुल्य स्तुल्यो मित्रारिपक्षयोः।
सर्वारम्भ-परित्यागी गुणातीतः स उच्यते ॥ 25 ॥

जिसे मानापमान और मित्र - शत्रु के पक्ष दोनों एक जैसे हैं और जो ऐसा जानकर कि प्रकृति ही सब कुछ करती है, सब उद्योगों को छोड़ चुका है, उस पुरुष को गुणातीत कहते है।

मां च योऽव्यभिचारेण भक्तियोगेन सेवते।
स गुणान् समतीत्यैतान् ब्रह्मभूयाय कल्पते ॥ 26 ॥

जो अनन्य भक्ति योग से मेरी सेवा करता है, वह इन तीनों से ऊपर उठकर ब्रह्मभाव की प्राप्ति के योग्य हो जाता है। अर्थात् वह ब्रह्म बन जाने की योग्यता प्राप्त कर लेता है।

ब्रह्मणो हि प्रतिष्ठाह ममृतस्याव्ययस्य च।
शाश्वतस्य च धर्मस्य सुखस्यैकान्तिकस्य च ॥ 27 ॥

(ऐसा मैं इसलिए कहता हूं) क्योंकि अमृत और अव्यय ब्रह्म का, शाश्वत धर्म का तथा परमानन्द का अन्तिम स्थान मैं ही हूं।

इति श्रीमद्भगवद्गीतासुपनिषत्सु ब्रह्मबियाणं योगशालस्त्रे।
श्रीकृष्णाजुंनसंवादे गुणत्रयविभागयोगो नाम
चतुर्दशोऽध्यायः

इस प्रकार श्री भगवान् के द्वारा कहे हुए उपनिषद् में ब्रह्मविद्या के अन्तर्गत कर्मयोग शास्त्र सम्बन्धी श्रीकृष्ण और अर्जुन के संवाद में गुणत्रय विभागयोग नामक चौदहवां अध्याय समाप्त हुआ।

पन्द्रहवां अध्याय

(पुरूषोत्तमयोगः)

श्री भगवानुवाच —

ऊर्ध्व-मूल मधःशाख मश्वत्थ प्राहु रव्ययम्।
छन्दांसि यस्य पर्णानि यस्तं वेद स वेदवित्॥ 1॥

श्री भगवान ने कहा, अव्यय अश्वत्थवृक्ष के सम्बन्ध में कहा गया है कि उसका मूल ऊपर है और शाखा नीचे की ओर हैं, वेद उसके पत्ते हैं। जो इस वृक्ष के बारे में जानता है उसे वेद का ज्ञाता मानना चाहिए।

मूल का अर्थ है जड़ अर्थात् कारण। संसार एक पीपल के पेड़ की भांति है। इसका कारण सात लोकों के ऊपर विराजमान ब्रह्म है। समस्त जड़ - चेतन समुदाय जो पथ्वी और उसके नीचे है वह उसकी शाखाएं है। पत्ते वक्ष से पैदा होते हैं, उसकी रक्षा करते हैं। वेदों में ब्रह्मज्ञान है और धर्म, अधर्म तथा उनके फल का वर्णन है अतः वेद पत्ते कहे गये हैं। वेदों को ईश्वरीय ज्ञान कहा गया है यह स्मरण रखने योग्य है। जो व्यक्ति इस रूपक को भली प्रकार जान लेता है वह वेद का ज्ञाता ही हुआ।

अधश्चोर्ध्वां प्रसृता स्तस्य शाखा गुणप्रवृद्धा विषय-प्रवालाः।
अधश्च मुलान्यनुसंततानि कर्मानुबन्धीनि मनुष्यलोके॥ 2॥

इसकी शाखाएं नीचे - ऊपर फैली हुई हैं, जिनका सत्त्व, रज, तम इन तीन गुणों के द्वारा पोषण हो रहा है। इन्द्रियों के विषय—शब्द, स्पर्श, रूप, रस, गंध— इन शाखाओं की कोंपलें हैं और नीचे मनुष्य लोक में इसकी जड़ें फैली हुई हैं, जो कर्म रूप बन्धन वाली हैं। भाव यह है कि मनुष्य ब्रह्म को भूल जाता है, और विषयों के मोह जाल में फंसकर संसार के कर्मजाल में बंधा रहता है।

न रूप मस्येह तथोपलभ्यते नान्तो न चादिर्न च संप्रतिष्ठा।
अश्वत्थ मेनं सुविरूढ-मूल मसङ्ग-शस्त्रेण दृढेन छित्त्वा ॥ 3 ॥

परन्तु इस लोक में इस संसार रूपी वृक्ष का जैसा वर्णन किया गया है वैसा रूप देखने को नहीं मिलता, न तो इसका आदि है और न अन्त। इसका आधार भी नहीं दिखाई देता। इसलिए अत्यंत गहरी जड़ों वाले इस अश्वत्थ (पीपल) वृक्ष को अनासक्ति रूपी मजबूत तलवार से काटकर,

ततः पदं तत् परिमार्गितव्यं यस्मिन् गता न निवर्तन्ति भूयः।
तमेव चाद्यं पुरुषं प्रपद्ये यतः प्रवृत्तिः प्रसृता पुराणी ॥ 4 ॥

मनुष्य को यह प्रार्थना करनी चाहिए कि मैं उस आदि पुरुष की शरण में जाता हूं, जिससे विश्व की यह सनातन धारा निकली हुई है। और फिर उस मार्ग की खोज करनी चाहिए, जिस पर गये हुए लोग फिर लौटकर नहीं आया करते।

निर्मानमोहा जित-सङ्गदोषा अध्यात्मनित्या विनिवृत्त-कामाः।
द्वन्द्वै विमुक्ताः सुखदुःखसंज्ञै गच्छन्त्यमूढाः पद मव्ययं तत् ॥ 5 ॥

मान - मोह से रहित, संगदोष को जीत लेने वाले, नित्य ही अध्यात्मज्ञान में लगे रहने वाले, सब प्रकार की कामनाओं से निवृत्त हो जाने वाले और सुख - दुः ख नामक द्वन्द्वों से मुक्त हुए ज्ञानी पुरुष उस अविनाशी पद को प्राप्त करते हैं।

न तद्भासयते सूर्यो न शशाङ्को न पावकः।
यद्गत्वा न निवर्तन्ते तद्धाम परमं मम ॥ 6 ॥

वह मेरा परमधाम ऐसा है कि जिसको पाकर इस लोक में नहीं आना पड़ता। उसे न तो सूर्य प्रकाशित करता है, नही चन्द्रमा और न ही अग्नि।

ममैवांशो जीवलोके जीवभूतः सनातनः।
मनः पष्ठानीन्द्रियाणि प्रकृति-स्थानि कर्षति ॥ 7 ॥

जीवलोक में मेरा ही सनातन अंश जीव होकर प्रकृति में रहने वाली मन सहित छः इन्द्रियों को अपनी ओर खींच लेता है।

शरीरं यदवाप्नोति यच्चाप्युत्क्रामतीश्वरः।
गृहीत्वैतानि संयाति वायु र्गन्धानिवाशयात् ॥ 8 ॥

इन्द्रियों का स्वामी यह जीव जब एक शरीर को छोड़कर दूसरे शरीर में जाता है तो वहां इन इन्द्रियों को वैसे ही पकड़कर ले जाता है जैसेकि वायु पुष्पआदि से गंध को ले जाती है।

श्रोत्रं चक्षुः स्पर्शनं च रसनं घ्राणमेव च।
अधिष्ठाय मनश्चायं विषया-नुपसेवते ॥ 9 ॥

तब वहां जाकर वह जीव कान, आंख, त्वचा (चमड़ी), जीभ, नाक और मन को अपना स्थान बनाकर विषयों का सेवन करता है।

उत्क्रामन्त स्थितं वाऽपि भुञ्जान वा गुणान्वितम्।
विमूढा नानुपश्यन्ति पश्यन्ति ज्ञान-चक्षुषः ॥ 10 ॥

जो मूढ़ हैं वे गुणों से युक्त जीवात्मा को शरीर में रहते हुए शरीर से निकलते हुए और विषयों को भोगते हुए नहीं देख पाते, लेकिन जो ज्ञान की आंखें रखते हैं वे सब कुछ देखते हैं।

यतन्तो योगिनश्चैनं पश्यन्त्यात्मन्यवस्थितम्।
यतन्तोऽप्यकृतात्मानो नैनं पश्यन्त्यचेतसः ॥ 11 ॥

इसी तरह यन्तशील योगी अपने आपमें स्थित आत्मा को देखते हैं, परन्तु अशुद्ध चित्त वाले अविवेकी पुरुष यत्न करते हुए भी उसको नहीं देख पाते।

यद्यादित्य-गतं तेजो जगद्भासयतेऽखिलम्।
यच्चन्द्रमसि यच्चाग्नौ तत्तेजो विद्धि मामकम्॥ 12॥

जो तेज़ सूर्य में रहकर सारे संसार को प्रकाशित करता है और जो तेज चन्द्रमा तथा अग्नि में है, उसे तू मेरा ही तेज समझ।

गामाविश्य च भूतानि धारयाम्यहमोजसा।
पुष्णामि चौषधीः सर्वाः सोमो भूत्वा रसात्मकः॥ 13॥

पृथ्वी में प्रवेश करके मैं अपने ओज से (तेज या प्रकाश) समस्त प्राणियों को धारण करता हूं और रसमय चन्द्रमा बनकर सारी ओषधियों (वनस्पतियों) को पुष्ट करता हूं।

अहं वैश्वानरो भूत्वा प्राणिनां देह माश्रितः।
प्राणापान-समायुक्तः पचाम्यन्नं चतु र्विधम्॥ 14॥

मैं अग्नि बनकर प्राणियों के देह में निवास करता हूं और प्राण एवं अपान में मिलकर चार प्रकार के भोजन को (खाये जाने वाले, चूसे जाने वाले, चाबे जाने वाले और पिये जाने वाले) पचाता हूं।

सर्वस्य चाहं हृदि सन्निविष्टो मत्तः स्मृति र्ज्ञान मपोहनं च।
वेदैश्च सर्वै रहमेव वेद्यो वेदान्तकृ द्वेदविदेव चाहम्॥ 15॥

और मैं सबके हृदयों में बैठा हुआ हूं। मुझसे ही स्मृति और ज्ञान एवं उनका नाश होता है। मैं ही सब वेदों द्वारा जाना जाता हूं। मैं ही वेदान्त का कर्त्ता और मैं ही वेदों का जानने वाला हूं।

द्वाविमौ पुरुषौ लोके क्षरश्चाक्षर एव च।
क्षरः सर्वाणि भूतानि कूटस्थोऽक्षर उच्यते॥ 16॥

इस लोक में क्षर और अक्षर दो पुरुष हैं। सब नाशवान् प्राणियों को क्षर कहते हैं और जो इन सब प्राणियों के भीतर रहस्यमय बनकर रहता है उसे अक्षर कहते हैं।

उत्तमः पुरुषस्त्वन्यः परमात्मेत्युदाहृतः।

यो लोकत्रय माविश्य बिभयव्यय ईश्वरः ॥ 17 ॥

परन्तु उत्तम पुरुष इन दोनों से भिन्न है। वह परमात्मा कहलाता है। यही अविनाशी ईश्वर है, यह तीनों लोकों में प्रवेश करके उनका भरण - पोषण करता है।

यस्मात् क्षरमतीतोऽह मक्षरादपि चोत्तमः।

अतोऽस्मि लोके वेदे च प्रथितः पुरुषोत्तमः ॥ 18 ॥

क्योंकि मैं क्षर और अक्षर दोनों से परे और उत्तम हूं, इसलिए सभी लोकों और वेद में मैं पुरुषोत्तम नाम से प्रसिद्ध हूं।

यो मामेवमसंमूढो जानाति पुरुषोत्तमम्।

स सर्ववि द्भजति मां सर्वभावेन भारत ॥ 19 ॥

हे भारत, जो व्यक्ति भमरहित होकर इस प्रकार मुझ पुरुषोत्तम को जान लता है, समझलो कि उसने सब कुछ जान लिया है। ऐसा व्यक्ति ही सम्पूर्ण भाव से मेरा भजन करता है।

इति गुह्यतमं शास्त्र मिद मुक्तं मयानघ।

एतद्बुद्ध्वा बुद्धिमान्स्यात् कृतकृत्यश्च भारत ॥20 ॥

हे पापरहित भारत, इस प्रकार यह गूढ से गूढ रहस्यपूर्ण शास्त्र मैंने तुझे बता दिया है। इस शास्त्र को जानकर मनुष्य बुद्धिमान और कृतकृत्य हो जाता है। भाव यह है कि अब तो तुझे ज्ञानोदय हो गया होगा अतः तुझे मेरा आभारी होना चाहिए।

इति श्रीमद्भगवद्गीतासूपनिषत्सु ब्रह्मविद्यायां योगशास्त्रे श्रीकृष्णार्जुनसंवादे पुरुषोत्तमयोगो नाम पञ्चदशोऽध्यायः॥

इस प्रकार श्री भगवान् द्वारा कहे गये उपनिषद् में ब्रह्मविद्या के अन्तर्गत कर्मयोग शास्त्र सम्बन्धी श्री कृष्ण और अर्जुन के संवाद में पुरुषोत्तम योग नामक पन्द्रहवां अध्याय समाप्त हुआ।

सोलहवां अध्याय

(दैवासुरसम्पद्विभागयोगः)

अभयं सत्त्वसंशुद्धि र्ज्ञानयोग व्यवस्थितिः।
दानं दमश्च यज्ञश्च स्वाध्याय स्तप अजिवन ॥ 1 ॥

हे भारत, (अब मैं तुझे दैवी सम्पदा और आसुरी सम्पदा वाले पुरुषों के लक्षण बताता हूं) जो हर प्रकार से निडर हैं, जिनका अन्त: करण भली प्रकार से स्वच्छ है, जिनकी ज्ञान और योग में निष्ठा है, जो दानी हैं, इन्द्रियों का दमन करते हैं और यज्ञ, स्वाध्याय, तप और सरलता,

अहिंसा सत्य मक्रोध स्त्यागः शान्ति रपैशुनम्।
दया भूते ष्वलोलुप्त्वं मार्दवं ही रचापलम् ॥ 2 ॥

अहिंसा, सत्य, क्रोध न करना, त्याग, शान्ति, दूसरों के दोष न ढूंढने की भावना, प्राणियों के प्रति दया, लोभहीनता, कोमलता, दुष्कर्मों के प्रति लज्जाभााव, चित्त की चंचलता का परित्याग,

तेजः क्षमा धृतिः शौच मद्रोहो नातिमानिता।
भवन्ति संपदं दैवी मभिजातस्य भारत ॥ 3 ॥

तेज, क्षमा, धैर्य,पविलता, किसी के प्रति द्वेष न रखना, अभिमान न करना ये सब गुण जिनमें हैं उन्हें दैवी सम्पदा लेकर जन्मे व्यक्ति मानना चाहिए।

दम्भो दर्पोऽभिमानश्च क्रोधः पारुष्यमेव च।
अज्ञानं चाभिजातस्य पार्थ संपद मासुरीम्॥ 4॥

हे पार्थ, पाखंड, घमंड, अहंकार, क्रोध, कठोरता और अज्ञान— ये दोष जिनमें हैं उन्हें आसुरी सम्पदा लेकर जन्मे लोग मानना चाहिए।

दैवी सं्प द्विमोक्षाय निबन्धायासुरी मता।
मा शुचः संपदं दैवी मभिजातोऽसि पाण्डव॥ 5॥

हे पांडव, दैवी सम्पदा मोक्ष दिलाने वाली और आसुरी सम्पदा बन्धन में डालने वाली मानी जाती है। तू परेशान मत हो, तु दैवी सम्पदा लेकर पैदा हुआ है।

द्वौ भूतसर्गी लोकेऽस्मिन् दैव आसुर एव च।
दैवो विस्तरशः प्रोक्त आसुरं पार्थ मे शृणु॥ 6॥

हे पार्थ, इस लोक में प्राणियों के स्वभाव दो प्रकार के माने गये हैं —दैवी स्वभाव और आसुरी स्वभाव। इनमें दैवी स्वभाव वालों का वर्णन तो विस्तार से हो चुका, अब आसुरी स्वभाव के बारे में सुन।

प्रवृत्तिं च निवृत्तिं च जना न विदु रासुराः।
न शौचं नापि चाचारो न सत्यं तेषु विद्यते॥ 7॥

आसुरी स्वभाव वाले यह नहीं जानते कि उन्हें क्या करना चाहिए और क्या नहीं करना चाहिए, उनके विचारों में न तो शुद्धता होती है, नहीं उनका आचरण भला होता है और सत्य तो वे बोलते ही नहीं।

असत्य मप्रतिष्ठं ते जगदाहु रनीश्वरम्।
अपरस्पर-संभूतं किमन्यत् कामहैतुकम्॥ 8॥

आसुरी स्वभाव वाले ये लोग कहते हैं कि संसार असत्य है, निराधार है, बिना परमेश्वर का है (बाई प्रॉडक है), एक - दूसरे के बिना ही उत्पन्न

हुआ है, इसलिए वासना तृप्ति के अतिरिक्त इसका और क्या उद्देश्य हो सकता है?

एतां दृष्टि मवष्टम्य नष्टात्मानोऽल्पबुद्धयः।
प्रभवन्त्युग्रकर्माणः क्षयाय जगतोऽहिताः ॥9॥

इस प्रकार की दृष्टि का सहारा लेकर वे उग्र कर्म करने वाले, आत्महीन, अल्पबुद्धि तथा सबका बुरा करने वाले लोग केवल जगत् का नाश करने के लिए ही जन्म लिया करते हैं।

काम माश्रित्य दुष्पूरं दम्भ-मान-मदान्विताः।
मोहाद्-गृहीत्वाऽसद्ग्र हान् प्रवर्तन्तेऽशुचिव्रताः ॥ 10 ॥

और ये लोग दंभ, मान और मद से पूर्ण होकर, किसी भी तरह से पूरी न होने वाली कामनाओं का सहारा लेकर और अज्ञान से मिथ्या सिद्धान्तों को ग्रहण करके, भ्रष्ट आचरण वाले होकर संसार में विचरण करते हैं।

चिन्ता मपरिमेयां च प्रलयान्ता मुपाश्रिताः।
कामोपभोगपरमा एतावदिति निश्चिताः ॥ 11 ॥

इसी प्रकार वे मरणपर्यन्त सुख भोगने की अनगिन चिन्ताओं से परेशान हुए, विषय वासनाओं में डूबे हुए और उसीको निश्चय पूर्वक आनंद मानने वाले हैं।

आशा-पाश-शतै बद्धाः काम-क्रोध परायणाः।
ईहन्ते कामभोगार्थ मन्यायेनार्थसञ्चयान् ॥ 12 ॥

इसलिए ये आसुरी स्वभाव वाले लोग सैकड़ों आशाओं के बन्धनों में जकड़े हुए, काम - क्रोध में लीन, विषय - भोगों की पूर्ति के लिए अन्याय पूर्वक धन आदि अनेक पदार्थों को इकट्ठा करने की चेष्टा करते हैं।

इदमद्य मया लब्ध मिमं प्राप्स्ये मनोरथम्।
इदमस्तीदमपि मे भविष्यति पुनर्धनम् ॥ 13 ॥

मैंने आज यह पा लिया, कल उस मनोरथ को सिद्ध करूंगा, यह धन मेरे पास है और फिर भी इतना धन मेरा होगा,

असौ मया हतः शत्रु र्हनिष्ये चापरानपि।
ईश्वरोऽह महं भोगी सिद्धोऽहं बलवान् सुखी ॥ 14 ॥

इस शत्रु को मैंने मार लिया, अन्य दूसरों को भी मारूंगा और मैं ईश्वर हूं, ऐश्वर्यों को भोगने वाला हूं, सिद्ध हुं, बलशाली हूं और सुखी हूं,

आढयोऽभिजनवा नस्मि कोऽन्योऽस्ति सदृशो मया।
यक्ष्ये दास्यामि मोदिष्य इत्यज्ञान-विमोहिताः ॥ 15 ॥

मैं बड़ा धनवान् हूं, बड़े कुलवाला हूं, मेरे समान दुनिया में और कौन है? मैं यज्ञ करूंगा, दान करूंगा, मौज उड़ाऊंगा— इस प्रकार अज्ञान में भटक रहे हैं।

अनेकचित्त-विभ्रान्ता मोह-जाल-समावृताः।
प्रासक्ताः कामभोगेषु पतन्ति नरकेऽशुचौ ॥ 16 ॥

अनेक प्रकार की कल्पनाओं में भटकते हुए, मोह जाल में फंसे हुए और विषय भोगों में लीन ये आसुरी लोग अपवित्र होकर नरक में जा गिरते हैं।

आत्मसंभाविताः स्तब्धा धन-मान-मदान्विताः।
यजन्ते नाम-यज्ञैस्ते दम्भेनाविधि-पूर्वकम् ॥ 17 ॥

अपने आपको ही श्रेष्ठ मानने वाले, अपनी ही अकड़ में रहने वाले, धन और मान के मद में चूर ये आसुरी स्वभाव वाले लोग शास्त्र की रीतियां छोड़कर नाम मात्र के यज्ञों द्वारा पाखंडी जीवन बिताते हैं।

अहंकारं बलं दर्प कामं क्रोधं च संश्रिताः।
मामात्म-पर-देहेषु प्रद्विषन्तोऽभ्यसूयकाः ॥ 18 ॥

अहंकार, बल, दर्प, काम और क्रोध में फंसे हुए ये लोग मेरी निन्दा करते हैं तथा अपने और दूसरों के शरीर में वास करने वाले मुझ ईश्वर को भूल जाते हैं।

तानहं द्विषतः क्रूरान् संसारेषु नराधमान्।
क्षिपा म्यजस्त्र मशुमा नासुरीष्वेव योनिषु ॥ 19 ॥

नतीजा यह होता है कि मुझसे द्वेष करने वाले (मुझे भूल जाने वाले) उन क्रूर अव्यावहारिक, नराधमों को मैं लगातार आसुरी योनियों में ही डालता रहता हूं।

आसुरीं योनि मापन्ना मूढा जन्मनि जन्मनि।
मामप्राप्यैव कौन्तेय ततो यान्त्यधमां गतिम् ॥ 20 ॥

हे कौन्तेय, आसुरी योनियों में जन्म लेकर वे मूद लोग, मुझे प्राप्त नहीं कर पाते और जन्म - जन्मान्तरों तक नीच गति पाते हैं।

त्रिविधं नरकस्येदं द्वारं नाशन मात्मनः।
कामः क्रोध स्तथा लोभ स्तस्मादेतत्त्रयं त्यजेत् ॥ 21 ॥

काम, क्रोध और लोभ ये नरक के तीन दरवाज़े हैं, जो आत्मा को गिरावट की ओर ले जाते हैं। इसलिए (अपना भला चाहने वाले मनुष्य को) इन तीनों का त्याग कर देना चाहिए।

एतैर्विमुक्तः कौन्तेय तमोद्वारै स्त्रिभिर्नरः।
आचरत्यात्मनः श्रेयस्ततो याति पर गतिम् ॥ 22 ॥

हे कौन्तेय, नरक के इन तीनों दरवाज़ों से छुटकारा पा जाने वाला मनुष्य कल्याण का रास्ता दिखाने वाले कार्य करता है, फलस्वरूप वह परमगति प्राप्त करता है।

यः शास्त्रविधि मुत्सृज्य वर्तते कांमकारतः।
न स सिद्धि मवाभोति न सुखं न परां गतिम् ॥ 23 ॥

जो व्यक्ति शास्त्रों में बताई गई रीति का त्याग करके अपनी मनमानी करता है, उसे न तो इष्ट की प्राप्ति होती है, न सुख मिलता है और न मोक्ष ही।

यहां भगवान् का शास्त्रं से तात्पर्य कर्मयोग - शास्त्र से ही समझना चाहिए।

तस्मा च्छात्रं प्रमाणं ते कार्याकार्य-व्यवस्थितौ।
ज्ञात्वा शास्त्रविधानोक्तं कर्म कर्तुमिहार्हसि ॥24॥

इसलिए करने योग्य और न करने योग्य कर्म की व्यवस्था में तुझे (मेरे द्वारा बताये गये कर्मयोग) शास्त्र को ही प्रमाण मानना चाहिए। तुझे अब कर्मयोग शास्त्र के विधान के अनुसार तत्त्व को समझकर कर्म करना चाहिए।

इति श्रीमद्भगवद्गीतासूपनिषत्सु ब्रह्मविद्यायां योगशास्त्रे श्रीकृष्णार्जुनसंवादे दैवासुरसंपद्विभागयोगो नाम षोडशोऽध्यायः॥

इस प्रकार श्री भगवान् के द्वारा कहे गये उपनिषद् में ब्रह्मविद्या के अन्तर्गत कर्मयोग शास्त्र सम्बन्धी श्री कृष्ण और अर्जुन के संवाद में दैवासुर सम्पदा विभाग योग नामक सोलहवां अध्याय समाप्त हुआ।

सत्रहवां अध्याय

(श्रद्धात्रयविभागयोगः)

अर्जुन उवाच—

ये शास्त्रविधि मुत्सृज्य यजन्ते श्रद्धयान्विताः।
तेषां निष्ठा तु का कृष्ण सत्त्वमाहो रजस्तमः ॥ 1 ॥

अर्जुन ने कहा, हे कृष्ण! जो लोग शास्त्र की विधि को छोड़कर केवल श्रद्धापूर्वक कर्मयोग में प्रवृत्त होते हैं, उनकी निष्ठा को आप किस श्रेणी में रखेंगे? सात्विक, राजसिक या तामसिक श्रेणी में?

श्रीभगवानुवाच—

त्रिविधा भवति श्रद्धा देहिनां सा स्वभावजा।
सात्त्विकी राजसी चैव तामसी चेति तां शृणु ॥ 2 ॥

श्री भगवान् ने कहा, प्राणिमात्र की श्रद्धा स्वभावतः तीन प्रकार की होती है— सात्त्विक, राजसिक और तामसिक। इन तीनों के बारे में बताता हूं, सुन।

सत्त्वानुरूपा सर्वस्य श्रद्धा भवति भारत ॥
श्रद्धा मयोऽयं पुरुषो यो यच्छ्रद्धः स एव सः ॥ ३ ॥

हे भारत, सब लोगों की श्रद्धा अपनी - अपनी प्रकृति के अनुसार

होती है, प्रत्येक मनुष्य में श्रद्धा तो होती ही है, अतः जिसकी जैसी श्रद्धा रहती है, वह वैसा ही होता है।

यजन्ते सात्त्विका देवान् यक्ष-रक्षांसि राजसाः।
प्रेतान् भूतगणांश्चान्ये यजन्ते तामसी जनाः ॥ 4 ॥

जो सात्त्विक स्वभाव के लोग हैं, वे देवताओं की पूजा करते हैं, राजसी वृत्तिवाले यक्ष और राक्षसों को पूजते है और जो इनके अलावा तामसी स्वभाव वाले हैं वे भूत - प्रेतों की पूजा करते हैं।

अशास्त्र-विहितं घोरं तप्यन्ते ये तपो जनाः।
दम्भाहङ्कार-संयुक्ताः काम-राग-बलान्विताः ॥ 5 ॥

परन्तु जो लोग दंभ और अहंकार से चूर होकर, काम और आसक्ति के बल पर शास्त्र के विरुद्ध घोर तप किया करते हैं,

कर्शयन्तः शरीरस्थं भूत-ग्राम मचेतसः।
मां चैवान्तः-शरीरस्थं तान्विद्धयासुर-निश्चयान् ॥ 6 ॥

और जो न केवल शरीर के पंचमहाभूतों के समूह को ही, बल्कि शरीर में मौजूद मुझको भी क्लेश पहुंचाते हैं उन अज्ञानियों को तू आसुरी स्वभाव वाला समझ।

आहारस्त्वपि सर्वस्य त्रिविधो भवति प्रियः।
यज्ञ स्तप स्तथा दानं तेषां भेद मिमं शृणु ॥ 7 ॥

वृत्त और श्रद्धा की भांति ही सबको प्रिय लगने वाला भोजन भी तीन प्रकार का होता है। इसी तरह यज्ञ, तप और दान भी तीन प्रकार का है। तु इन सबके भेदों को सुन।

आयुः-सत्त्व-बलारोग्य-सुख-प्रीति-विवर्धनाः।
रस्याः स्निग्धाः स्थिरा हृद्या आहाराः सात्त्विक प्रियाः ॥ 8 ॥

आयु, बुद्धि, बल, स्वास्थ्य, सुख और प्रीति को बढ़ाने वाले तथा सरस चिकने और टिकाऊ, साथ ही मन को आनंद देने वाले आहार सात्त्विक मनुष्यों को प्रिय होते हैं।

कट्वम्ल-लवणात्युष्ण-तीक्ष्ण-रूक्ष-विदाहिनः।
आहारा राजसस्येष्टा दुःख-शोकामय-प्रदाः ॥ 9 ॥

कड़ुए या चरपरे, खट्टे, खारे, बहुत गरम, तीखे, रूखे, ज्वलनशील तथा दुः ख - शोक और रोग पैदा करने वाले आहार राजसीवृत्ति वाले पुरुषों को प्रिय होते हैं।

यात-यामं गतरस पूति पर्युषितं च यत्।
उच्छिष्टमपि चामेध्यं भोजनं तामस-प्रियम् ॥ 10 ॥

ठंडा और बासी, नीरस, बदबूदार, जूठा और अपवित्र भोजन तामसी वृत्ति वाले व्यक्ति को अच्छा लगता है।

अफलाकाङ्क्षिभि र्यज्ञो विधि-दृष्टो य इज्यते।
यष्टव्य मेवेति मनः समाधाय स सात्त्विकः ॥ 11 ॥

(इसी प्रकार) फल की आशा को छोड़कर, अपना कर्त्तव्य समझकर, शास्त्र की विधि के अनुसार शान्तचित्त से जो यज्ञ किया जाता है वह सात्त्विक यज्ञ है।

अभिसंधाय तु फलं दम्भार्थमपि चैव यत्।
इज्यते भरतश्रेष्ठ तं यज्ञं विद्धि राजमम् ॥ 12 ॥

हे भरत श्रेष्ठ, जो यज्ञ फल की इच्छा से अथवा अपना ऐश्वर्य दिखाने के भाव से किया जाता है वह राजस यज्ञ है।

विधिहीन मसृष्टान्नं मन्त्रहीन मदक्षिणम् ॥
श्रद्धा-विरहितं यज्ञं तामसं परिचक्षते ॥ 13 ॥

और जो यज्ञ सब प्रकार की विधियों से हीन है, जिसमें अन्न का दान भी नहीं किया जाता तथा मंत्र, दक्षिणा और श्रद्धा के बिना ही किया जाता है उसे तामस यज्ञ कहते हैं।

देव-द्विज-गुरु-प्राज्ञ-पूजनं शौच मार्जवम्।
ब्रह्मचर्य महिंसा च शारीरं तप उच्यते॥ 14॥

(इसी प्रकार तप के भी भेद - उपभेद हैं!) देवता, ब्राह्मण, गुरु और ज्ञानीजनों की पूजा तथा पवित्रता, सरलता ब्रह्मचर्य और अहिंसा का पालन शरीर संबंधी (कायिक) तप कहलाता है।

अनुद्वेगकरं वाक्यं सत्यं प्रियहितं च यत्।
स्वाध्यायाभ्यसनं चैव वाङ्मं तप उच्यते॥ 15॥

दूसरों को बुरी न लगने वाली, सत्य किन्तु प्रिय और हितकारी वाणी में बोलना और नियम से स्वाध्याय करना वाणी सम्बन्धी (वाचिक) तप कहा जाता है।

मनः-प्रसादः सौम्यत्वं मौन मात्मविनिग्रहः।
भावसंशुद्धि रित्येत त्तपो मानस मुच्यते॥ 16॥

मन को प्रसन्न रखना, शांत स्वभाव बनाये रखना, मौन धारण करना अर्थात कम बोलने की आदत बनाये रखना, मन को वश में रखना, शुद्ध भावना से रहना ये सब मन - सम्बन्धी (मानस) तप है।

श्रद्धया परया तप्तं तप स्तत्त्रिविधं नरैः।
अफलाकाङ्क्षिभि युक्तैः सात्त्विकं परिचक्षते॥ 17॥

ऊपर बताये गये इन तीनों प्रकार के तपों को यदि मनुष्य फल की आशा रखे बिना परम श्रद्धा के साथ स्थिर बुद्धि से करे तो यह सात्त्विक तप कहलाता है।

सत्कार-मान-पूजार्थं तपो दम्भेन चैव यत्।
क्रियते तदिह प्रोक्तं राजसं चल मध्रुवम्॥ 18॥

जो तप अपने सत्कार, मान या पूजा के लिए अथवा दंभ के साथ (यह तप मैं ही कर सकता हूं) किया जाता है, वह चंचल है और टिकाऊ भी नहीं है, इसे राजस तप कहते हैं।

मूढग्राहेणात्मनो यत्पीडया क्रियते तपः।
परस्योत्सादनार्थं वा तत्तामस मुदाहृतम्॥ 19॥

जो तप मूर्खता पूर्वक हठ के साथ, अपने आपको कष्ट देकर अथवा दूसरों को पीड़ा पहुंचाने के लिए किया जाता है वह तामस तप कहलाता है।

दातव्यमिति यद्दानं दीयतेऽनुपकारिणे।
देशे काले च पात्रे च तद्दानं सात्त्विकं स्मृतम्॥ 20॥

दान भी तीन प्रकार का है। जो दान कर्त्तव्य मानकर दिया जाता है, देश - काल और पात्र का विचार करके योग्य को दिया जाता है तथा ऐसे व्यक्ति को दिया जाता है जिसने दाता पर कोई उपकार न किया हो वह सात्त्विक दान है।

यत्तु प्रत्युपकारार्थं फल मुद्दिश्य वा पुनः।
दीयते च परिक्लिष्टं तद्दानं राजसं स्मृतम्॥ 21॥

लेकिन जो दान बदले की भावना से अथवा किसी फल की आशा रखकर बडी कठिनाई से दिया जाता है उसे राजसिक दान कहते हैं।

अदेशकाले यद्दान मपात्रेभ्यश दीयते।
असत्कृत मवज्ञातं तत्तामस मुदाहृतम्॥ 22॥

जो देश - काल के उचित - अनुचित का ध्यान किये बिना अपात्र मनुष्य को बिना किसी सत्कार के उपेक्षा पूर्वक दिया जाता है, वह तामसिक दान कहलाता है।

ओं तत्सदिति निर्देशो ब्रह्मण स्त्रिविधः स्मृतः।
ब्राह्मणा स्तेन वेदाश्च यज्ञाश्च विहिताः पुरा ॥ 23 ॥

'ॐ, तत्, सत्' — ऐसा तीन प्रकार का ब्रह्म का निर्देश किया गया है और उसीसे प्राचीन काल में ब्राह्मण, वेद और यज्ञ की रचना हुई।

तस्मा दोमित्युदाहृत्य यज्ञ-दान-तपः-क्रियाः।
प्रवर्तन्ते विधानोक्ताः सततं ब्रह्मवादिनाम् ॥ 24 ॥

इसलिए ब्रह्मवादी लोग "ॐ' का उच्चारण करके यज्ञ, दान, तप रूपी क्रियाएं विधिपूर्वक किया करते हैं।

तदित्यनभिसंधाय फलं यज्ञतपः-क्रियाः।
दान-क्रियाश्चविविधाःक्रियन्तेमोक्ष-काङ्क्षिभिः ॥25 ॥

जो लोग मोक्ष की इच्छा रखते हैं वे तत' का उच्चारण करके बिना फल की आशा के यज्ञ, तप और दान की अनेक क्रियाएं करते हैं।

सद्भावे साधु-भावे च सदित्येतत् प्रयुज्यते।
प्रशस्ते कर्मणि तथा सच्छब्दः पार्थ युज्यते ॥ 26 ॥

हे पार्थ, 'सत्' शब्द का प्रयोग सद्भाव और साधुभाव के अर्थ में किया जाता है। उसी प्रकार सत्कर्मों के लिए भी 'सत्' शब्द का प्रयोग किया जाता है।

यज्ञे तपसि दाने च स्थितिः सदिति चोच्यते।
कर्म चैव तदर्थीयं सदित्येवाभिधीयते ॥ 27 ॥

यज्ञ, तप और दान में दृढ़ता पूर्वक लगे रहना भी 'सत' कहलाता है तथा यश, तप और दान के निमित्त जो कर्म किया जाता है वह भी 'सत्' कहलाता है।

अश्रद्धया हुतं दत्तं तपस्तप्तं कृतं च यत्।
असदित्युच्यते पार्थ न च तत्प्रेत्य नो इह ॥ 28 ॥।

हे पार्थ, जो यज्ञ, दान और तप बिना श्रद्धा के किया जाता है वह 'असत्' कहलाता है। दूसरा भी कोई काम यदि श्रद्धा बिना किया जाए तो वह भी 'असत' ही है। श्रद्धा रहित किसी भी कार्य से न इस लोक में कोई लाभ मिलता है, न ही परलोक में।

इति श्रीमद्भगवद्गीतासूपनिषत्सु ब्रह्मविद्याया योगशास्त्रे।
श्रीकृष्णार्जुनसंवादे श्रद्धात्रयविभागयोगो नाम
सप्तदशोऽध्यायः॥

इस प्रकार श्री भगवान् द्वारा कहे गये उपनिषद् में ब्रह्मविद्या के अन्तर्गत कर्मयोग शास्त्र सम्बन्धी श्री कृष्ण और अर्जुन के संवाद में श्रद्धात्रय विभाग योग नामक सत्रहवां अध्याय समाप्त हुआ।

अठारहवां अध्याय

(संन्यासयोगः)

अर्जुन उवाच—

सन्न्यासस्य महाबाहो तत्त्व मिच्छामि वेदितुम् ।
त्यागस्य च हृषीकेश पृथ केशिनिषूदन ॥ 1 ॥

अर्जुन ने कहा, हे महाबाहु! हे हृषीकेश! हे केशिनिषूदन! (केशी नामक राक्षस को मारने वाले) संन्यास और त्याग इन दोनों के रहस्य को मैं अलग - अलग रूप से जानना चाहता हूं।

भी भगवानुवाच—

काम्यानां कर्मणां न्यासं सन्न्यासं कवयो विदुः ।
सर्वकर्म-फलत्यागं प्राहुस्त्यागं विचक्षणाः ॥ 2 ॥

श्री भगवान् ने कहा, कवि (मनीषी) तथा विद्वान् लोग कामना रखकर किये जाने वाले कर्मों के त्याग को 'संन्यास' कहते हैं और कई पंडित लोग सभी प्रकार के कर्मों के फल को त्याग देने को ही 'त्याग' कहते हैं।

त्याज्यं दोषव दित्येके कर्म प्राहु र्मनीषिणः ।
यज्ञ-दान-तपः कर्म न त्याज्य मिति चापरे ॥ 3 ॥

कुछ मनीषियों का कहना है कि सभी प्रकार के कर्मों को दोषों की भांति त्याग देना चाहिए और दूसरे विद्वान् कहते हैं कि यज्ञ, दान और तप ये ऐसे हैं कि इन्हें नहीं छेड़ना चाहिए।

निश्चयं शृणु में तत्र त्यागे भरतसत्तम।
त्यागो हि पुरुषव्याघ्र त्रिविधः संप्रकीर्तितः ॥ 4 ॥

हे भरत श्रेष्ठ, त्याग के बारे में मेरा जो निश्चय है उसे सुन! हे पुरुष - सिंह! त्याग भी सात्त्विक, राजसिक और तामसिक तीन प्रकार का कहा गया है।

यज्ञ-दान-तपः कर्म न त्याज्यं कार्यमेव तत्।
यज्ञो दानं तपश्चैव पावनानि मनीषिणाम् ॥ 5 ॥

यज्ञ, दान और तप रूप कर्म का त्याग नहीं करना चाहिए, बल्कि इन्हें कर्तव्य कर्म मानकर ही करना चाहिए। यज्ञ, दान और तप ये तीनों ही मनीषियों को पवित्र करने वाले हैं।

एतान्यपि तु कर्माणि सनं त्यक्त्वा फलानि च।
कर्तव्यानीति में पार्थ निश्चितं मतमुत्तमम् ॥ 6 ॥

हे पार्थ, मेरा निश्चित और उत्तम मत तो यही है कि यज्ञ, दानादि कर्मों को आसक्ति रहित होकर, फल की इच्छा का भी त्याग करके अवश्य करते रहना चाहिए।

नियतस्य तु सन्न्यासः कर्मणो नोपपद्यते।
मोहात् तस्य परित्याग-स्तामसः परिकीर्तितः ॥ 7 ॥

धर्मानुसार मनुष्य के लिए जो कर्म नियत कर दिये गये हैं, उनका त्याग करना उचित नहीं है। अज्ञान के कारण इस प्रकार के कर्म का त्याग तामस - त्याग कहा गया है।

दुःखमित्येव यत्कर्म कायल्केश-भयात् त्यजेत्।
स कृत्वा राजसं त्यागं नैव त्यागफलं लभेत् ॥ 8 ॥

मानसिक दु:ख के भय से कर्त्तव्य कर्म का त्याग अथवा शारीरिक क्लेश के भय से कर्म का त्याग राजसिक त्याग की कोटि में आता है। इस प्रकार के त्याग का कोई भी फल मनुष्य को प्राप्त नहीं होता। यह त्याग निष्फल है।

कार्यमित्येव यत्कर्म नियतं क्रियतेऽर्जुन।
सङ्गं त्यक्त्वा फलं चैव स त्यागः सात्त्विको मतः ॥ 9 ॥

हे अर्जुन, जब नियत कर्म को कर्तव्य कर्म मानकर किया जाता है और आसक्ति तथा फल की इच्छा नहीं रखी जाती अर्थात कर्म करते हुए आसक्ति और फल को त्याग दिया जाता है तो वह त्याग सात्त्विक त्याग माना जाता है।

न देष्यकुशलं कर्म कुशले नानुषजते।
त्यागी सत्त्व-समाविष्टो मेधावी छिन्नसंशयः ॥ 10 ॥

जो त्यागी है, सात्त्विक गुण वाला है और बुद्धिमान है, जिसके सब संशयों का नाश हो गया है वह न तो कुशलता प्रदान करने वाले कर्मों में प्रीति रखता है। और न ही अकल्याणकारी कर्मों के प्रति द्वेषभाव रखता है।

न हि देहभृता शक्यं त्यक्तुं कम ण्यशेषतः।
यस्तु कर्मफलत्यागी स त्यागी त्यभिधीयते ॥ 11 ॥

क्योंकि देहधारी प्राणी सारे कर्मों के त्याग करने में समर्थ नहीं है, इसलिए जो कर्म - फल का त्यागी है, उसे ही सच्चा त्यागी मानना चाहिए। ऐसा ही कहा भी गया है।

अनिष्ट मिष्टं मिलं च त्रिविधं कर्मणः फलम्।
भव त्यत्यागिनां प्रेत्य न तु सन्न्यासिनां क्वचित् ॥ 12 ॥

जो कर्मफल का त्याग नहीं करते हैं, उन्हें मरने के बाद तीन तरह का फल मिलता है—प्रिय, अप्रिय और मिला - जुला। किन्तु जो कर्मफल का त्याग कर चुके हैं वे फल की बाधा से मुक्त रहते हैं।

पञ्चैतानिमहाबाहो कारणानि निबोध मे।
सांख्ये कृतान्ते प्रोक्तानि सिद्धये सर्वकर्मणाम् ॥ 13 ॥

हे महाबाहु! सांख्य - सिद्धान्त के अनुसार सभी कर्मों की सिद्धि के लिए पांच कारण कहे गये हैं, उन कारणों को तू भली प्रकार मुझसे सुन ले।

अधिष्ठानं तथा कर्ता करणं च पृथग्विधम्।
विविधाश्च पृथक्चेष्टा दैवं चैवात्र पञ्चमम् ॥ 14 ॥

अधिष्ठान (शरीर), कर्ता (जीवात्मा), अलग - अलग प्रकार के साधन (इन्द्रियां), नाना प्रकार की अलग - अलग चेष्टाएं और पांचवां दैव (पहले किये गए शुभाशुभ कर्मों के संस्कार) ही कारण हैं।

शरीर-वाङ्मनोभि येत्कर्म प्रारभते नरः।
न्याय्यं वा विपरीतं वा पञ्चैते तस्य हेतवः ॥ 15 ॥

शरीर, वाणी और मन से मनुष्य जो भी कर्म करता है, उसके ये पांच कारण हैं, वे कर्म चाहे न्यायोचित हों अथवा न्यायहीन हों।

तत्रैवं सति कर्तार मात्मानं केवलं तु यः।
पश्य-त्यकृतबुद्धित्वान्न स पश्यति दुर्मतिः ॥ 16 ॥

ऐसी सत्य स्थिति होते हुए भी जो संस्कारहीन बुद्धि होने के कारण यह समझे कि मैं ही अकेला सब कर्मों का कर्ता हो, समझना चाहिए कि वह कुबुद्धि वाला व्यक्ति यथार्थ सत्य को नहीं समझ रहा है।

यस्य नाहंकृतो भावो बुद्धि र्यस्य न लिप्यते।
हत्वापि स इमाँ ल्लोकान्न हन्ति न निबध्यते ॥ 17 ॥

जो कर्त्तापन के अहंकार की भावना से मुक्त है, जिसकी बुद्धि निर्मल है, वह व्यक्ति इन सब लोगों (भीष्मादि) को मारता हुआ भी नहीं मरता है और न वह मारने के कर्म के बन्धन का भागी होता है।

ज्ञानं ज्ञेयं परिज्ञाता त्रिविधा कर्म-चोदना।
करणं कर्म कर्तेति त्रिविधः कर्म-संग्रहः ॥ 18 ॥

ज्ञान (जिसके द्वारा जाना जाय), ज्ञेय (जिसे जाना जाए) और के परिज्ञाता (जानने वाला) इन तीनों के संयोग से मनुष्य कर्म में प्रवृत्त होने की इच्छा करता है तथा करण (साधन), कर्म (क्रिया) और कर्ता इन तीनों के संयोग से कर्म होता है।

ज्ञानं कर्म च कर्ता च त्रिधैव गुण-भेदतः।
प्रोच्यते गुण-संख्याने यथाव च्छृणु तान्यपि ॥ 19 ॥

सांख्यशास्त्र में गुणभेद के कारण ज्ञान, कर्म और कर्ता तीन - तीन प्रकार के बताए गए हैं। उन प्रकारों को मैं ज्यों - का - त्यों तुझे बताता हूं!

सर्वभूतेषु येनैकं भाव मव्यय मीक्षते।
अविभक्तं विभक्तेषु तज्ज्ञानं विद्धि सात्त्विकम् ॥ 20 ॥

जिस ज्ञान से यह जाना जाता है कि भिन्न - भिन्न प्राणियों में एक ही अविभक्ति और अव्यय तत्त्व विद्यमान है, उसे सात्त्विक ज्ञान समझ।

पृथक्त्वेन तु यज्ज्ञानं नानाभावान् पृथग्विधान्।
वेत्ति सर्वेषु भूतेषु तज्ज्ञानं विद्धि राजसम् ॥ 21 ॥

जिस ज्ञान के द्वारा विभिन्न प्राणियों में उनकी पृथक्त्ता के कारण उनके अस्तित्त्व की अनेकरूपता दिखाई पड़ती है, उसे राजसिक ज्ञान समझना चाहिए।

यत्तु कृत्सव देकस्मिन् कार्ये सक्त महैतुकम्।
अतत्त्वार्थव दल्यं च तत्तामस मुदाहृतम् ॥ 22 ॥

परन्तु जो ज्ञान किसी एक कार्य को ही सब कुछ मान लेता है, किन्तु उसके कारण पर ध्यान नहीं देता, न ही उसके तत्त्व को समझ पाता है उसे तामस ज्ञान कहा जाता है।

नियतं सङ्गरहित-मरागद्वेषतः कृतम्।
अफल-प्रेप्सुना कर्म यत्तत्सात्त्विक मुच्यते ॥ 23 ॥

(इसी तरह कर्म के भेद हैं।) जो नियत कर्म है, जिसे आसक्ति के बिना किया गया है और जिसे राग - द्वेष छोड़कर फल की इच्छा न रखने वाले व्यक्ति द्वारा किया गया है, वह सात्त्विक कर्म कहलाता है।

यत्तु कामेप्सुना कर्म साहंकारेण वा पुनः।
क्रियते बहुलायासं तद्राजस-मुदाहृतम् ॥ 24 ॥

परन्तु जो कर्म फल की इच्छा रखने वाले पुरुष द्वारा अहंकार के साथ बड़े भारी प्रयत्न से किया जाता है, उसे राजस कर्म कहते हैं।

अनुबन्धं क्षयं हिंसा मनपेक्ष्य च पौरुषम्।
मोहा दारभ्यते कर्म यत्तत्तामस मुच्यते ॥ 25 ॥

और जो कर्म परिणाम, हानि, हिंसा और सामर्थ्य का विचार किये बिना शुरू कर दिया जाता है वह तामस कर्म कहा जाता है।

मुक्तसङ्गो ऽनहंवादी धृत्युत्साह-समन्वितः।
सिद्ध्यसिद्ध्यो र्निर्विकारः कर्ता सात्त्विक उच्यते ॥ 26 ॥

(इसी प्रकार कर्त्ता के तीन भेद हैं।) जो आसक्ति से रहित है, जो अहंकार नहीं करता, कार्य में सफलता मिले या न मिले दोनों दशाओं में जो मन में विकार नहीं लाता, हर स्थिति में धीरज और उत्साह के साथ कार्य करता है, वह सात्त्विक वृत्ति वाला कर्ता कहलाता है।

रागी कर्मफल-प्रेप्सु र्लुब्धो हिंसात्मकोऽशुचिः।
हर्षशोकान्वितः कर्ता राजसः परिकीर्तितः ॥ 27 ॥

विषयों में लीन, कर्मफल चाहने वाला, लोभी, हिंसक और अपवित्र, सफलता पाने पर हर्ष करने वाला और असफल होने पर शोक करने वाला राजस कर्त्ता कहलाता है।

अयुक्तः प्राकृतः स्तब्धः शठो नैष्कृतिकोऽलसः
विषादी दीर्घसूत्री च कर्ता तामस उच्यते ॥ 28 ॥

चंचल बुद्धिवाला, असभ्य, हठी, ठग, आलसी, दूसरों की हानि करने वाला, दुः खी तामस कर्त्ता कहलाता है।

बुद्धे भेंद धृतेश्चैव गुणत स्त्रिविधं शृणु।
प्रोच्यमान मशेषेण पृथक्त्वेन धनञ्जय ॥ 29 ॥

हे धनंजय, बुद्धि और धृति के भी गुणों के अनुसार जो तीन - तीन भेद हैं, उन्हें सुन। मैं इनके सम्बन्ध में पूरे तौर पर अलग - अलग समझाता हूं।

प्रवृत्तिं च निवृत्तिं च कार्याकार्ये भयाभये।
बन्धं मोक्षं च या वेत्ति बुद्धिः सा पार्थ सात्त्विकी ॥ 30 ॥

हे पार्थ, जो बुद्धि यह बताती है कि क्या काम करना चाहिए और किस काम से बचना चाहिए, कौनसा कार्य अच्छा है और कौनसा बुरा है, और जो यह समझाती है कि किस से डरना चाहिए और किससे नहीं डरना चाहिए तथा किस काम के करने से मोक्ष होता है और किस से बंधन,उसी बुद्धि को सात्त्विक समझना चाहिए।

यया धर्म मंधर्म च कार्यं चाकार्यमेव च।
अयथावत प्रजानाति बुद्धिः सा पार्थ राजसी ॥ 31 ॥

हे पार्थ, जिस बुद्धि से मनुष्य धर्म, अधर्म का तथा कार्य, अकार्य का सही निर्णय नहीं कर पाता, वह बुद्धि राजसी है।

अधर्मं धर्ममिति या मन्यते तमसावृता।
सर्वार्थान् विपरीतांश्च बुद्धिः सा पार्थ तामसी ॥ 32 ॥

अज्ञान के अन्धकार से ढकी हुई जो बुद्धि अधर्म को धर्म मानती है और हर बात में उलटी ही गय देती है वह बुद्धि तामसी है।

धृत्या यथा धारयते मनः-प्राणेन्द्रिय-क्रियाः ।
योगेनाव्यभिचारिण्या धृतिः सा पार्थ सात्त्विकी ॥ 33 ॥

(इसी प्रकार धृति भी तीन प्रकार की है।) हे पार्थ, जिस अचल धृति के द्वारा मनुष्य मन, प्राण और इन्द्रियों की क्रियाओं को योग बुद्धि से धारण करता है वह सात्त्विक धृति है।

यया तु धर्म-कामार्थान् धृत्या धारयतेऽर्जुन ।
असङ्गेन फलाकाङ्क्षी धृतिः सा पार्थ राजसी ॥ 34 ॥

हे पार्थ, फल की इच्छा रखने वाला पुरुष जिस धृति से बहुत ही चिपटे रहकर धर्म, काम और अर्थ को धारण करता है वह राजसी धृति है।

यया स्वप्नं भयं शोकं विषादं मदमेव च ।
न विमुञ्चति दुर्मेधा धृतिः सा पार्थ तामसी ॥ 35 ॥

हे पार्थ, जिस धृति से मनुष्य दुर्बुद्धि होकर निद्रा, भय, शोक, विषाद और मद को नहीं छोड़ता वह तामसी धृति है।

सुखं त्विदानीं त्रिविधं शृणु मे भरतर्षभ ।
अभ्यासा-द्रमते यत्र दुःखान्तं च निगच्छति ॥36 ॥

हे भरत श्रेष्ठ, जिस सुख में मनुष्य को दीर्घकाल तक पड़े रहने का अभ्यास हो जाता है और जिसमें उसके दुः ख का अंत हो जाता है, अब उस तीन प्रकार के सुख के संबंध में भी तू मुझसे सुन।

यत्तदग्रे विष-मिव परिणामेऽमृतोपमम् ।
तत्सुखं सात्त्विकं प्रोक्त मात्म-बुद्धि-प्रसादजम् ॥ 37 ॥

जो आरंभ में तो विष के समान जान पड़ता है, किन्तु परिणाम में अमृत के जैसा है और जो आत्मबुद्धि की कृपा से उत्पन्न होता है, वह सात्त्विक सुख कहा गया है।

विषयेन्द्रिय-संयोगा धत्तदग्रेऽमृतोपमम्।
परिणामे विषमिव तत्सुखं राजसं स्मृतम्॥ 38॥

जो पहले तो अमृत के समान है किन्तु परिणाम में विष के जैसा है और इन्द्रियों तथा उनके विषयों के संयोग से उत्पन्न होता है, वह सुख राजस कहलाता है।

यदग्रे चानुवन्धे च सुखं मोह्न मात्मनः।
निद्रालस्य-प्रमादोत्थं तत्तामस मुदाहृतम्॥39॥

जो सुख आरंभ में भी और परिणाम में भी आत्मा को भ्रम जाल में फंसाने वाला है तथा निद्रा, आलस और प्रमाद से उत्पन्न होता है, वह तामस कह गया है।

न तदस्ति पृथिव्यां वा दिवि देवेषु वा पुनः।
सत्त्वं प्रकृतिजै मुक्तं यदेभिः स्यात्त्रिभि गुणैः॥40॥

न तो पृथ्वी पर रहने वाले लोगों में ही कोई ऐसा है और न स्वर्ग के देवताओं में ही है कि जिसे प्रकृति के इन तीन गुणों से मुक्ति मिली हो।

ब्रह्माण-क्षत्रिय-विशां शुद्राणां च परंतप॥
कर्माणि प्रविभक्तानि स्वभाव-प्रभवै गुणैः॥ 41॥

हे परतंप, ब्राह्मण, क्षत्रिय, वैश्य और शूद्रों के कर्म उनके प्रकृति - सिद्ध गुणों के कारण अलग - अलग बंटे हुए हैं। उनके कर्मों के भी प्रकार हैं।

शमो दमस्तपः शौचं शान्ति राजवमेव च।
ज्ञानं विज्ञान मास्तिक्यं ब्रह्मकर्म स्वभावजम्॥ 42॥

शम, दम, तप, पवित्रता, क्षमा, सरलता, ज्ञान, विज्ञान और आस्तिकता ये ब्राहमण के स्वाभाविक गुण या कर्म हैं।

शौर्यं तेजो धृति र्दाक्ष्यं युद्धे चाप्यपलायनम्।
दान मीश्वरभावश्च क्षात्रं कर्म स्वभावजम्॥ 43॥

शूरवीरता, तेज, धैर्य, सूझ - बूझ, युद्ध से मुंह न मोड़ना, दानशीलता और ऐश्वर्य ये क्षत्रिय के स्वाभाविक कर्म हैं।

कृषि-गौरक्ष्य-वाणिज्यं वैश्य-कर्म स्वभावजम्।
परिचर्यात्मकं कर्म शूद्रस्यापि स्वभावजम्॥ 44॥

खेती बाड़ी, पशुपालन, व्यापार— ये वैश्य के स्वभाव से उत्पन्न कर्म हैं। सेवा करना शूद्र का सहज कर्म है।

स्वे स्वे कर्म ण्यभिरतः संसिद्धिं लभते नरः।
स्वकर्म-निरतः सिद्धिं यथा विन्दति तच्छृणु॥ 45॥

अपने - अपने कर्म में लगा हुआ मनुष्य अपने कर्म से ही जीवन में सफलता प्राप्त करता है। अपने काम में लगे हुए मनुष्य को सफलता अथवा सिद्धि कैसे मिलती है, वह भी तू मुझसे सुन।

यतः प्रवृत्ति र्भूतानां येन सर्वमिदं ततम्।
स्वकर्मणा तमभ्यर्च्य सिद्धिं विन्दति मानवः॥46॥

जिससे प्राणियों की उत्पत्ति हुई है और जिसने सारे जगत् का विस्तार किया है, उस परमात्मा की अपने कर्त्तव्य पालन द्वारा पूजा करने वाला मनुष्य सिद्धि प्राप्त करता है।

श्रेयान् स्वधर्मो विगुणः परधर्मात् स्वनुष्ठितात्।
स्वभाव-नियतं कर्म कुर्वन्नाप्नोति किल्विषम्॥ 47॥

अपना धर्म अर्थात् अपने लिए नियत कर्म चाहे दोष पूर्ण भी हो उसका पालन करना अच्छा है, कल्याणकारी है। दूसरे के लिए

नियत कर्म या दूसरे के कर्म में टांग फंसाना उचित नहीं है, भले ही वह सरलता पूर्वक किया जा सके। क्योंकि अपने स्वभाव के अनुसार नियत कर्म करने वाला मनुष्य पाप क। भागी नहीं होता।

यह लोकोक्ति इस श्लोक को सही ढंग से समझाती है— 'अपना काम आपको साजे। और करे तो डंडा बाजे।'

सहजं कर्म कौन्तेय सदोषमपि न त्यजेत्।
सर्वारम्भा हि दोषेण धूमेनाग्नि रिवावृताः ॥ 48 ॥

हे कौन्तेय, स्वभावानुसार नियत कर्म को दोषपूर्ण होने पर भी छोड़ना नहीं चाहिए। सब कर्मों में कोई - न - कोई दोष तो होता ही है, आग भी तो आखिर धुएं से ढकी होती है। धुएं के कारण जैसे आग को नहीं छोड़ा जा सकता, वैसे ही अपने कार्य को कष्टकर मानकर छोड़ा नहीं जा सकता।

असक्त-बुद्धिः सर्वत्र जितात्मा विगतस्पृहः।
नैष्कर्म्यसिद्धिं परमां सन्न्यासेनाधिगच्छति ॥ 49 ॥

जिसकी बुद्धि फल आदि में आसक्त नहीं है, जो मन को जीत चुका है और जिसे किसी प्रकार की भी इच्छा शेष नहीं रह गई है, वह मनुष्य कर्मफल के संन्यास द्वारा निष्काम कर्म की परमस्थिति को प्राप्त करता है।

सिद्धिं प्राप्तो यथा ब्रह्म तथाप्नोति निबोध मे।
समासेनैव कौन्तेय निष्ठा ज्ञानस्य या परा ॥ 50 ॥

हे कौन्तेय, इस प्रकार सिद्धि प्राप्त होने पर उस मनुष्य को ज्ञान की परम निष्ठा (ब्रह्मत्व) जिस रीति से प्राप्त होती है, मैं तुझे संक्षेप में बताता हूं, उसे सुन!

बुद्धया विशुद्धया युक्तो धृत्यात्मानं नियम्य च।
शब्दादीन् विषयांस्त्यक्त्वा रागद्वेषौ व्युदस्य च ॥ 51 ॥

विविक्त-सेवी लघ्वाशी यतवाक्कय-मानसः।
ध्यानयोग-परो नित्यं वैराग्यं समुपाश्रितः॥ 52॥

अहङ्कारं बलं दर्पं कामं क्रोधं परिग्रहम्।
विमुच्य निर्ममः शान्तो ब्रह्मभूयाय कल्पते॥ 53॥

शुद्ध बुद्धि वाला होकर, अपने आपको धैर्य पूर्वक संयम में रखकर, शब्द आदि इन्द्रियों के विषयों को छोड़कर राग-द्वेष से दूर रहकर, एकान्त स्थान में रहने वाला, थोड़ा भोजन करने वाला, वाणी, शरीर (कर्म) और मन को वश में रखने वाला, नित्य ध्यान करने वाला, विरक्त तथा अहंकार, ताक़त आज़माई, घमंड,काम, क्रोध, परिग्रह (धन में आसक्ति) को छेड़कर ममता से रहित शांत चित वाला मनुष्य ब्रह्म के साथ एकाकार होने योग्य हो जाता है। अर्थात् इन सब गुणों वाले मनुष्य को ही ब्रह्म की प्राप्ति होती है।

ब्रह्मभूतः प्रसन्नात्मा न शोचति न काङ्क्षति।
समः सर्वेषु भूतेषु मद्भक्तिं लभते पराम्॥ 54॥

इस प्रकार ब्रह्मभाव को प्राप्त हो जाने पर, प्रसन्नचित्त होकर वह न तो शोक करता है, न कुछ चाहता है, बल्कि प्राणिमात्र में समानभाव रखता हुआ मेरी परमभक्ति प्राप्त करता है।

भक्त्या मामभिजानाति यावान् यश्चास्मि तत्त्वतः।
ततो मां तत्त्वतो ज्ञात्वा विशते तदनन्तरम्॥ 55॥

भक्ति द्वारा वह मेरे सात्त्विक रूप को जान जाता है कि मैं कितना हूं और कौन हूं। इस प्रकार मुझे तत्त्व रूप में जान लेने पर वह मुझमें समा जाता है। मेरा आश्रय ग्रहण करता है।

सर्वकर्माण्यपि सदा कुर्वाणो मद्व्यपाश्रयः।
मत्प्रसादा दवाप्नोति शाश्वतं पदमव्ययम्॥ 56॥

मेरा आश्रय ग्रहण करके, वह सब इच्छित कर्मों को करता हुआ भी, मेरी कृपा से शाश्वत और अखंड पद को प्राप्त करता है। ब्रह्म को पा जाता है।

चेतसा सर्वकर्माणि मयि सन्न्यस्य मत्परः ।
बुद्धियोग मुपाश्रित्य मच्चित्तः सततं भव ॥ 57 ॥

(इन सब बातों को जान लेने के बाद तेरा यह कर्त्तव्य हो जाता है कि) तु सारे कर्मों को मन से मुझे अर्पित कर दे, मुझे समर्पित हो जा तथा साम्य बुद्धि का आश्रय लेकर सदा ही मुझमें चित्त लगाये रख।

मच्चित्तः सर्वदुर्गोणि मत्प्रसादा गारिष्यसि ।
अथ चेत्त्वमहङ्कारान्न श्रोष्यसि विनङ्क्ष्यसि ॥ 58 ॥

मुझमें चित्त लगाये रखने का लाभ यह होगा कि कर्मों के शुभाशुभ फलों का तुझपर कोई प्रभाव नहीं होगा। तेरी सारी कठिनाइयां दूर हो जाएंगी, लेकिन अगर अहंकार के वश में होकर मेरी बात नहीं सुनेगा तो तेरा नाश हो जाएगा। तुझे भारी हानि उठानी पड़ेगी।

यदहङ्कार माश्रित्य न योत्स्य इति मन्यसे ।
मिथ्यैष व्यवसायस्ते प्रकृतिस्त्वां नियोक्ष्यति ॥59 ॥

अहंकार अर्थात् मूर्खता के वशीभूत होकर तू जो यह कह रहा है कि 'मैं युद्ध नहीं करूंगा' तो तेरा यह निश्चय सच्चाई से बहुत दूर है, क्योंकि प्रकृति तो अपना काम करती ही है, तेरी प्रकृति तुझे स्वयं ही युद्ध की ओर प्रेरित करेगी।

स्वभावजेन कौन्तेय निबद्धः स्वेन कर्मणा ।
कर्तुं नेच्छसि यन्मोहात् करिष्यस्यवशोऽपि तत् ॥ 60 ॥

हे कौन्तेय, मोह रूपी अज्ञान के कारण जिस स्वभाव जन्य कर्म को तू नहीं करना चाहता है, प्रकृति के वश में होकर वही कार्य तुझे अवश्य करना पड़ेगा।

संबंधियों का मोह तुझे रोक रहा है, परन्तु क्षत्रिय का धर्म युद्ध करना है, अतः तेरा स्वभाव तुझे लड़ने को विवश करेगा।

ईश्वरः सर्वभूतानां हृद्देशेऽर्जुन तिष्ठति।
भ्रामयन् सर्वभूतानिं यन्त्रारूढानि मायया॥ 61॥

हे अर्जुन, ईश्वर तो सभी प्राणियों के हृदय में निवास करता है और वह उन्हें अपनी माया से इस प्रकार नचा रहा है जैसे वे किसी यंत्र द्वारा घूम रहे हों।

तमेव शरणं गच्छ सर्वभावेन भारत।
तत्प्रसादात् परां शान्तिं स्थान प्राप्स्यसि शाश्वतम्॥ 62॥

इसलिए हे भारत! तू अपनी सम्पूर्ण भावना के साथ उसी ईश्वर की शरण में जा। उसकी कृपा से तुझे परम शान्ति और शाश्वत पद अर्थात् मोक्ष की प्राप्ति होगी।

इति ते ज्ञान-माख्यातं गुह्याद्-गुह्यतरं मया।
विमृश्यैत-दशेषेण यथेच्छसि तथा कुरु॥ 63॥

इस प्रकार मैंने तुझे गूढ़ - से - गूढ़ ज्ञान समझा दिया है। अब तू इस पर भली प्रकार विचार करके जैसे तेरी इच्छा हो वैसे कर।

सर्वगुह्यतमं भूयः शृणु मे परमं वचः।
इष्टोऽसि मे दृढमिति ततो वक्ष्यामि ते हितम्॥ 64॥

('जैसे तेरी इच्छा हो वैसा कर' कहने का यह अर्थ नहीं है कि मैं तुझे टाल रहा हूं) अंत में एक गूढ़तम बात और रह गई है, वह भी सुन ले। तू मुझे क्योंकि बहुत ही प्रिय है इसलिए मैं तेरे भले की बात बताता हूं।

मन्मना भव मद्भक्तो मद्याजी मां नमस्कुरु।
मामेवैष्यसि सत्यं ते प्रतिजाने प्रियोऽसि मे॥ 65॥

तू मुझमें ही अपना मन रख, इधर - उधर मत भटक, मेरा ही भक्त बन, किसी और देवी - देवता की उपासना मत कर, मेरे लिए ही यज्ञ कर तथा मेरी ही वन्दना कर। इस तरह तू मुझमें ही

आ मिलेगा। मैं इस बात की प्रतिज्ञा करता हू कि तू मुझे प्राप्त करेगा, इसलिए कि तू मुझे बहुत ही प्रिय है।

सर्वधर्मान् परित्यज्य मामेकं शरणं व्रज।
अहं त्वा सर्वपापेभ्यो मोक्षयिष्यामि मा शुचः ॥ 66 ॥

सब धर्मों को अर्थात् सभी प्रकार के कर्मों और विचार - विमर्शों को छेड़कर तू केवल मेरी ही शरण में आ। तुझे किसी प्रकार की चिन्ता नहीं करनी चाहिए, मैं तुझे सब प्रकार के पापों से मुक्त कर दूंगा। तुझे किसी प्रकार का भी दोष नहीं लगेगा।

इदं ते नातपस्काय नाभक्ताय कदाचन।
न चाशुश्रूषवे वाच्यं न च मां योऽभ्यसूयति ॥ 67 ॥

(परन्तु एक बात का ध्यान रखना) जो व्यक्ति न तो तप करता है, न भक्ति करता है और किसी प्रकार के ज्ञान को सुनने की इच्छा भी नहीं रखता है, ऊपर से मेरी निन्दा और करता है, ऐसे व्यक्ति से यह गुढ़ रहस्य मत कह बैठना।

य इमं परमं गुह्यं मद्भक्ते ष्वभिधास्यति।
भक्तिं मयि परां कृत्वा मामेवैष्य त्यसंशयः ॥ 68 ॥

(क्योंकि यह निश्चय है कि) जो इस परम गूढ़ रहस्य को मेरे भक्तों को बतायेगा, वह निश्चय ही मेरी भक्ति करके निस्सन्देह मुझमें ही आ मिलेगा।

न च तस्मान्मनुष्येषु कश्चिन्मे प्रियकृत्तमः।
भविता न च मे तस्मा दन्यः प्रियतरो भुवि ॥ 69 ॥

इस प्रकार के व्यक्ति से बढ़कर मेरा भला चाहने वाले मनुष्यों में और कोई नहीं है तथा पृथ्वीभर में ऐसे व्यक्ति के समान मुझे दूसरा कोई प्रिय नहीं है।

अध्येष्यते च य इमं धर्म्य संवाद मावयोः।
ज्ञानयज्ञेन तेनाह मिष्टः स्यामिति मे मतिः ॥ 70 ॥

हम दोनों के इस कर्म सम्बन्धी संवाद का जो कोई भी अध्ययन करेगा, मैं समझूंगा कि उसने ज्ञान-यज्ञ द्वारा मेरी ही पूजा की है।

श्रद्धावा ननसूयश्च शृणुयादपि यो नरः।
सोऽपि मुक्तः शुभाँल्लोकान् प्राप्नुयात् पुण्यकर्मणाम् ॥ 71 ॥

इसी प्रकार बिना किसी ईर्ष्या या दोष - दर्शन के जो श्रद्धा पूर्वक इस संवाद को सुनेगा, वह भी पाप - मुक्त होकर पुण्यात्मा लोगों को प्राप्त होने वाले शुभ लोकों तक पहुंच जाएगा।

कच्चिदेतच्छ्रुतं पार्थ त्वयैकाग्रेण चेतसा।
कच्चि-दज्ञान-संमोहः प्रणष्टस्ते धनञ्जय ॥72 ॥

हे पार्थ, तुमने मेरे इस उपदेश को एकाग्रचित्त से सुन तो लिया है? और हे धनंजय इसे सुनकर तुम्हारा मोह रूपी अज्ञान भली प्रकार नष्ट हो गया है अथवा नहीं?

अर्जुन उवाच—

नष्टो मोहः स्मृति र्लब्धा त्वत्प्रसादान्मयाच्युत।
स्थितोऽस्मि गतसन्देहः करिष्ये वचनं तव ॥ 73 ॥

अर्जुन ने कहा, हे अच्युत! आपकी कृपा से मेरा मोह (अज्ञान) नष्ट हो गया है और मुझे अपने कर्तव्य - धर्म का स्मरण हो आया है। मेरा सारा सन्देह जाता रहा है। मैं स्थितप्रज्ञ हो गया हूं। अब मैं आपके वचनों के अनुसार ही कार्य करूंगा। अर्थात् युद्ध करूंगा।

सञ्जय उवाच—

इत्यहं वासुदेवस्य पार्थस्य च महात्मनः।
संवाद मिम मश्रौष मद्भु रोमहर्षणम् ॥ 74 ।

संजय ने कहा, इस प्रकार मैंने महानात्मा वासुदेव और अर्जुन के बीच हुई बातचीत सुनी, असल में यह बहुत ही अद्भुत और रोमांचकारी संवाद था।

व्यासप्रसादा च्छ्रुतव नेतद्-गुह्यमह परम्।
योगं योगेश्वरात् कृष्णात् साक्षात् कथयतः स्वयम् ॥ 74 ॥

महर्षि व्यास की कृपा से यह कर्मयोग नामक परम रहस्यमय ज्ञान मैंने स्वयं योगेश्वर कृष्ण द्वारा अर्जुन को उपदेश देते हुए सुना है।

राजन् संस्मृत्य संस्मृत्य संवाद मिम मद्भुतम्।
केशवार्जनयोः पुण्यं हृष्यामि च मुहुर्मुहुः ॥ 75 ॥

हे राजन्! मैं श्री कृष्ण और अर्जुन के इस अद्भुत और पवित्र संवाद को सुनकर बार - बार प्रसन्नता का अनुभव कर रहा हूँ।

तच्च संस्मृत्य संस्मृत्य रूप मत्यद्भुतं हरेः।
विस्मयो मे महान् राजन् हृष्यामि च पुनःपुनः ॥ 77 ॥

भगवान् श्री हरि के उस अत्यन्त अद्भुत रूप को बार - बार स्मरण करके मुझे बड़ा आश्चर्य हो रहा है तथा मैं उसे स्मरण करता हुआ रह - रह कर हर्षित हो रहा हूं।

यत्र योगेश्वरः कृष्णो यत्र पार्थो धनुर्धरः।
तत्र श्री विजयो भूति र्ध्रुवा नीति र्मेति र्मम ॥78 ॥

इस सबको देख - सुन - समझकर मेरा तो यही विचार बना है कि जहां योगेश्वर श्री कृष्ण और जहां धनुर्धर अर्जुन हैं वहां सौभाग्य, विजय, ऐश्वर्य और सुदृढ़ नीति विराजमान् है।

इति श्रीमद्भगवद्गीतासूपनिषत्सु ब्रह्मविद्यायां योगशास्त्रे श्रीकृष्णार्जुनसंवादे सन्न्यासयोगो नाम अष्टादशोऽध्यायः ॥

इस प्रकार श्री भगवान के द्वारा कहे गये उपनिषद् में ब्रहमविद्या के अन्तर्गत कर्मयोग शास्त्र सम्बन्धी श्री कृष्ण और अर्जुन के संवाद रूप में संन्यास योग नामक अठारहवां अध्याय समाप्त हुआ।

परिशिष्ट

(क)

गीता में कृष्ण और अर्जुन के लिए भिन्न - भिन्न शब्दों का प्रयोग हुआ है। ये शब्द कहीं तो प्रसंग के अनुसार हैं और कहीं छन्द की रचना के यहां हम उन शब्दों को स्पष्ट करने का प्रयत्न कर रहे हैं।

'कृष्ण' के लिए प्रयुक्त शब्द।

कृष्णः श्यामवर्ण का होने तथा भादों के अंधेरे पक्ष में पैदा होने के कारण वसुदेव के पुत्र 'कृष्ण' कहलाए।

अपनी ओर आकृष्ट करने की शक्ति रखने वाला भी 'कृष्ण' है। कृषि - कर्म करने वाला, नेतृत्त्व की शक्ति रखने वाला तथा सेना का संचालन करने वाला भी 'कृष्ण' है। महाभारत में कृष्ण के इन सभी रूपों के दर्शन होते हैं।

हृषीकेशः हृषीक अर्थात् ज्ञानेन्द्रियां, उनका स्वामी हृषीकेश है। भगवान् कृष्ण ही समस्त ज्ञानेन्द्रियों के स्वामी हैं।

केशवः सुन्दर केशों वाला। केशी राक्षस को मारने वाला। सूर्य आदि अंशों वाला परमेश्वर, कृष्ण सूर्यवंशी थे।

गोविन्दः 'गो' अर्थात ज्ञानेन्द्रियां - इन्द्रियों को वश में करने वाला ही गोविन्द है। कृष्णयोगिराज हैं और योगी का काम इन्द्रिय - निग्रह है। 'गो' अर्थात् गाय। गायों को लाभ पहुंचाने वाला या उनका स्वामी भी गोविन्द है। कृष्ण को गोपाल भी कहते थे।

मधुसूदनः मधु नामक राक्षस का सूदन (नाश) करने वाला। जीवों के भले - बुरे कर्म को ज्ञान देकर नष्ट करने वाला, जैसाकि कृष्ण ने अर्जुन के साथ किया।

हरिः पापों को हरने वाला ही हरि है।

जनार्दनः जना नामक राक्षस का नाश करने वाला। जन का संचालन करने वाला। पापों के कारण जीवों को मारने वाला। लोग

	जिससे अपनी इच्छा पूरी करते हैं। कृष्ण में ये सभी गुण थे, ले इसीलिए वे जनार्दन कहलाए।
साधवः	माया (लक्ष्मी) का पति, कृष्ण विष्णु के अवतार हैं, अत: लक्ष्मीपति भी हैं। माधव का अर्थ है वसन्त और कामदेव। जो कामदेव या वसंत की भांति मन को प्रसन्न करने वाला है वही माधव है।
वाष्णेयः	वृष्णि अर्थात् बादल, बादलों की भांति श्यामवर्ण होने से कृष्ण वाष्णेर्य हैं, इसलिए घनश्याम भी हैं। वृष्णि (यादव) वंश के होने के कारण ही वाष्र्णेय हैं।
योगेश्वरः	अनुभव सिद्ध शुद्धज्ञान के मूर्तिमान् रूप होने के कारण कृष्ण योगिराज कहलाये।
केशिनिः	केशि - राक्षस का वध करने वाले।
सूदन :	
अच्युतः	अचल, एकरूप, निर्विकार. साक्षात् परब्रह्म होने के कारण कृष्ण अच्युत हैं।
अरिसूदन :	अरि अर्थात् शत्रु, शत्रुओं का नाश करने वाला।

'अर्जुन' के लिए प्रयुक्त शब्द

अर्जुनः	अपने कार्यों में जो पवित्र और शुद्ध है वही अर्जुन है।
धनंजयः	अनेक जनपदों को जीतकर धनसंचय करने के कारण अर्जुन धनंजय कहलाए।
भारतः	भरतवंशी होने के कारण ही अर्जुन भारत है, भरतवंशियों में श्रेष्ठ होने के कारण भरतसत्तम और भरतर्षभ है।
गुडाकेशः	गुडाका + ईश। नींद पर स्वामित्व रखने वाला। अर्जुन ने नींद को वश रखा था, इसीलिए वह गुडाकेश कहलाया। शिक्षा प्राप्त करने वाले शिष्य को 'गुडाकेश' होना चाहिए, क्योंकि अर्जुन शिष्य की भांति कृष्णा से शिक्षा प्राप्त करना चाहता है, इसीलिए उसे गुडाकेश कहा।

पार्थः पृथा (कुंती) का पुत्र।

कौन्तेयः कुंती का पुत्र।

परंतप : पर अर्थात् शत्रु को तपाने वाला। परंतप कहकर श्री कृष्ण अर्जुन को उसका गुण धर्म स्मरण कराते हैं।

महाबाहोः विशाल बाहुओं वाला। जिसकी बाहुएं घुटनों तक पहुंचती हों, वह महावीर होता है। अर्जुन आजानुबाहु था।

धनुर्धरः धनुष को धारण करने वाला। प्रत्येक योद्धा अपने प्रिय शस्त्रास्त्र के कारण प्रसिद्ध होता है। जैसे भीम गदा के कारण, परशुराम परशु के कारण, कृष्ण सुदर्शन चक्र के कारण, इसी प्रकार अर्जुन अपने गांडीव धनुष के कारण धनुर्धर कहलाये।

पुरुष व्याघ्रः पुरूषों में व्याघ्र के समान निर्भीक और अजेय। कायरता त्यागकर निडर होकर शत्रुओं पर विजय पाने का साहस करने के लिए विषादग्रस्त अर्जुन को 'पुरुष व्याघ्र' कहा गया।

सव्यसाची : बाएं हाथ से भी बाण चलाने में निपुण होने के कारण अर्जुन सब्यसाची कहलाया।

(ख)

परिभाषिक शब्द

यहां कुछ ऐसे शब्दों का अर्थ स्पष्ट किया जा रहा है, जो गीता में किसी विशेष अर्थ में प्रयुक्त हुए हैं, अथवा सामान्य रूप से जिनके अर्थों में कुछ भेद है।

धर्मक्षेत्रः युद्धक्षेत्र का वह भाग जिस ओर धर्मराज युधिष्ठिर की सेना खड़ी हुई थी।

कुरुक्षेत्रः युध्दक्षेत्र वह भाग जिस ओर कौरवों की सेना खड़ी हु थी।

आत्माः जीवात्मा, सूक्ष्मशरीर, स्व अर्थात् अपना आप। मनुष्य के लिए विषाद का सबसे बड़ा कारण यही है कि वह अपने आप को उसके सही रूप में नहीं देख पाता। समझ ही आत्मा है।

सांख्य योगः संख्य का अर्थ है संग्राम, युद्ध, लड़ाई। जो जीवन - संग्राम की प्रेरणा दे वही सांख्य योग है। सांख्य योग का उद्देश्य आत्मा को ज्ञान द्वारा सांसारिक बन्धनों से मुक्ति दिलाना है।

योगः अप्राप्त वस्तु की प्राप्ति का नाम योग है।

क्षेमः प्राप्त वस्तु की रक्षा को क्षेम कहते हैं।

समत्वः आंतरिक संतुलन

यज्ञः कोई भी पवित्र कार्य, भगवान के लिए किया गया कार्य। त्याग पूर्वक परोपकार के लिए किया गया कर्म ही यज्ञ है।

प्रभुः उत्पत्ति, स्थिति और प्रलय तथा अन्तर्यामी रूप से शासन करने वाली शक्ति ही प्रभु है।

क्षेत्रः शरीर। जैसे खेत के बोये हुए पदार्थों का उसके अनुरूप फल समय पर प्रकट होता है, वैसे ही इसमें बोये हुए कर्मों के संस्कार रूप बीजों का फल समय पाकर प्रकट होता है इसीलिए शरीर को क्षेत्र कहा गया है।

अध्यात्म-ज्ञानः जिस ज्ञान के द्वारा आत्मवस्तु और अनात्मवस्तु जानी जाती है,। वही ज्ञान अध्यात्मज्ञान कहलाता है।

कार्यः आकाश, वायु, अग्नि, जल और पथ्वी ये पांच तत्त्व और इनके पांच गुण शब्द, स्पर्श, रूप, रस, गन्ध मिलकर कार्य कहलाते है।

करणः बुद्धि, अहंकार, मन, कान, त्वचा, जिह्वा, नेत्र और प्राण तथा वाक्, हाथ, पैर, उपस्थ और गुदा ये १३ कारण कहलाते हैं।

प्रमादः इन्द्रियों तथा अंत: करण की व्यर्थ चेष्टाएं प्रमाद कहलाती हैं।

आलस्यः कर्तव्य कर्म को भुलाकर निठल्ले बैठ जाना आलस्य है।

पच्चीस तत्वः पांच महाभूतः पृथ्वी, जल, तेज, वायु और आकाशः पांच कर्मेन्द्रियां: वाणी, हाथ, पैर, लिंग, गुदाः पांच ज्ञानेन्द्रियां: कान, नेत्र, जिह्वा, नासिका, त्वचा; पांच विषयः शब्द, रूप, रस, गन्ध, स्पर्श तथा प्रकृति, पुरुष, मन, बुद्धि, अहंकार ये सब मिलकर 25 तत्त्व कहलाते हैं ।

मात्रा: ज्ञानेन्द्रियां मात्रा नाम से पुकारी जाती हैं।

तन्मात्रा: ज्ञानेन्द्रियों के विषय तन्मात्रा कहलाते हैं।

विशेष ध्यान देने योग्य

आततायी: अत्याचार करने वाला आग लगाने वाला, विष देने वाला, हाथ में शस्त्र लेकर मारने को तैयार, धन हरण करने वाला, जमीन छीनने वाला और स्त्री का हरण करने वाला ये छ: प्रकार के आततायी कहे गये हैं। कौरवों ने पांडवों के विरुद्ध ये सभी अत्याचार किये थे, अत: आततायी.शब्द उनके लिए उपयुक्त ही है।

प्रत्येक अध्याय के अंत में कुछ शब्दों का प्रयोग हुआ है, जिनका अर्थ इस प्रकार हैं:—

उपनिषद् : इस गीता में उपनिषदों का सार संग्रह हुआ है और यह स्वयं भी उपनिषदों की भांति वेदांत की व्याख्या करती है, इसीलिए इसे उपनिषद् कहा गया है।

ब्रह्मविद्या: निर्गुण निराकार परमात्मा के परम तत्त्व का साक्षात्कार कराने वाली होने के कारण इसे ब्रह्मविद्या कहा गया है।

योगशास्त्र: निष्काम कर्मयोग की शिक्षा देने वाली होने के कारण इसे योगशास्त्र पुकारा गया है।

श्री कृष्णा कृष्ण और अर्जुन की बातचीत होने के कारण, साथ ही बातचीत

जूर्न संवाद: नाटक के संवाद का गुण होने के कारण इस शब्द का प्रयोग हुआ है।

●●●